KB052722

학교라고는
다녀 본 일이 없는 것처럼

투우 소가 투우장에 나갔는데 소도 경기장도 아무것도 없었다는 우스갯소리 기억해?

- 로베르토 볼라뇨, 『안트베르펜』, 열린책들, 2014

가능한 한 여러 차원의 경험을 해 보고 나서야 비로소 우리는 한 장소에 대해 알게 된다. 한 장소를 파악하기 위해선 우린 사방에서 그 장소를 향해, 또한 그 장소로부터 동서남북 사방으로 다시 가 보아야 한다. 그렇지 않으면 그 장소는 우리가 파악하기도 전에 전혀 예상치 못한 길을 통해 서너 번은 우리에게 달려든다.

- 발터 벤야민, 『모스크바 일기』, 그린비, 2005

EXIT

학교라고는 다녀 본 일이 없는 것처럼

설흔 장편소설

낮은산

1. 글쓰기 수업

학교에 들어서는 자, 모든 희망을 쓰레기통에 쏟아 버려라.

페르시아의 조로아스터파 점성술사 콤모도스 베르길리우스, 기원전 5세기

—

교실에 들어선 국어 선생은 검고 늙은 먼지가 묻은 천장을 한참 바라보았다. 인내심 부족한 소년들이 슬슬 웅성거리기 시작했다. 선생은 마뜩잖은 표정으로 대학 노트를 펼쳐 몇 개의 문장을 느리게 읽었다.

저녁이면 침묵이 어찌나 깊게 깔리는지 길 위의 말발굽 소리

가 오랫동안 사라지지 않고 울렸다.

나는 정말 가치 있는 사람이 되고 싶었어. 그리고 불구나 불행을 견딜 만한 영혼이 없다면 어떻게 가치 있는 사람이 될 수 있을지 자문했지.

나이가 어리면 어리석은 대신 의외로 깨끗한 법이다.

나의 이름은 유진 돈이다. 그건 나도 어쩔 수 없다. 이야기를 시작하겠다.

선생은 대학 노트를 덮은 후 이번에는 창밖을 보았다. 금방 비가 쏟아져도 조금도 이상하지 않은 어둡고 불길한 하늘이었다. 선생이 말했다. 지난밤 나는 잠을 거의 못 이루었다. 침대에 누워 이리저리 뒤척이다가 더 견디지 못하고 벌떡 일어나 차가운 물 한 컵을 단숨에 들이켜고는 지금껏 습관적으로 해 왔던 글쓰기 수업 방식에 대해 통절히 반성했다. 한숨과 비탄과 후회를 세 벗으로 삼아 뜬눈으로 밤을 새우고 난 뒤 여윈 주먹을 움켜쥐고 결심했다. 성과라고는 전혀 없었던 과거의 안일하고 통속적인 방식은 모두 다 쓰레기통에 처넣어 버리기로. 오늘 나는 너희에게 이렇게 훌륭하게 써라, 저렇게 아름답게 써라, 늙은 독재자가 잔소리하듯 말하지 않을 것이다. 그저 끝이 없는 길을 걷고 또 걷다 지친 행인처럼 조용히 입을 다물고 교탁에 서서 너희들이 글 쓰는 모습을 바라보기만 할 것이다. 너희들은 어떤 글을 써야 하냐고 내게 묻지 마라. 어느 정도 써야 하냐고도 묻지 마라. 어떻게 써야 하냐고도 묻지 마라. 훌륭한 것은 무엇이며 아름다운 것은 또 무엇이며 훌륭하지도 않고 아름답지도 않은 것은 또 무엇이냐고도 묻지 마라. 쓸데없는 소리를 하느라 귀중한 시간이 허무처럼 쓸쓸히 지나가 버렸다. 자, 이제 시작하도록 해라. 너희들은 내 눈치 따위는 보지 말고 마음 깊은 곳에서부터 진정으로 쓰고 싶었던 글을 어떤 방식으로든 꺼내 원하는 만큼 써라.

소년 몇 명이 조용하거나 빠르게, 느리거나 요란하게 손을 들었다. 선생은 부정에 목숨을 건 사람처럼 연이어 고개만 저었다. 당황과 혼란과 비웃음이 삼 분의 일씩 섞인 쑥덕거림이 비율을 달리하며 이어지다 줄어들고 속삭임으로 변했다가 마침내 완전히 사라지자 교실 안은 태초 이틀 전처럼 고요해졌다. 재서는 조금 전 선생이 그랬듯 창밖을 한 번 본 뒤, **금방 비가 쏟아져도 조금도 이상하지 않은 어둡고 불길한 하늘이었다**, 라고 썼다. 스스로를 걷다 지친 행인에 비유한 선생이 다시 대학 노트를 펼쳐서 읽는 모습을 보곤 **선생은 지금껏 습관적으로 해 왔던 글쓰기 수업 방식에 대해 통절히 반성했다**, 라고 썼다. 재서는 자신이 쓴 두 개의 문장을 읽어 보았다. 어둡고 불길한 하늘에서 선생의 통절한 반성으로 이어지는 연결의 이미지는 나쁘지 않았다. 재서는 선생이 손가락으로 이마를 긁는 모습을 보며 **선생은 늙은 개처럼 앞발로 이마를 긁었다**, 라고 썼다. 짧은 시간에 세 개의 문장을 완성한 재서는 빙긋 웃었다. 글쓰기는 재서의 치명적 약점이었다. 오늘은 달랐다. 선생의 말대로 어떤 글을 어떻게, 얼마만큼 써야 할 것인지에 대한 고민을 훌륭한 것들, 아름다운 것들과 함께 쓰레기통에 처넣어 버렸더니 문장들이 스스로 태어나고 있었다. 고개를 들어 선생을 본 재서는 깜짝 놀랐다. 교탁 위에는 개 한 마리가 앉아 앞발로 이마를 긁고 있었다. 재서가 썼던 바로 그 늙은 개, 재서가 쓰면서 머릿속으로 상상하며 빙긋 웃었던 것과 늙음의 형태, 이마의 주름, 앞발의 모양, 꼬리의 형태가 정확하게 일치하는 바로 그 늙은 개였다. 재서는 주위를 둘러보았다. 몇몇 소년은 글을 쓰거나 글을 쓰려 하고 있었고, 몇몇 소년은 멍하니 있거나 의미 없이 부산했고, 몇몇 소년은 기지개를 켜거나 하품을 하거나 창밖, 혹은 천장을 보았다. 일부의 시선은 분명 선생에게 가 있거나 교차하는 전선처럼 선생을 지나치고 가로질렀지만 당연히 터져 나와야 할 경악과 공포의 무게감은 0.1밀리그램도 채 되지 않았다. 재서는 고개를 갸웃하곤 어린 개처럼 곧은 이마를 성마르게 긁다가 이미 썼던 문장에서 '늙은 개처럼'을 검게 칠했다. 효과는 금세 나타났다. 늙은 개는 사라지고 다시 선생이 모습을 드러냈다. 선생의 이마엔 '늙은 개처럼' 크기의 검은 딱지가 앉았다. 딱지를 떼면 축소된 늙은 개가 그 안에 앉아 있을 것이고, 축소된 늙은 개를 떼면 더 축소된 늙은 개가 그 안에 앉아 있을 것이고, 더 축소된 늙은 개를 떼면……. 재서는 자신의 글이 만들어 낸 변이에 강한 흥미를 느꼈다. 재서는 어둑하고 불길한 창밖을 바라본 뒤 **하늘에서는 꽃비가 내렸다,** 라고 썼다. 문장을 마치기 무섭게 하늘에서는 붉은 장미꽃 비가 툭툭, 질서정연하기보다는 비규범적으로 내렸다. 재서가 쓰면서 생각했던 피처럼 진한 레드 이글 장미꽃이 걸쭉한 액체로 변신해 비규범적으로 쏟아져

내리는 광경은 아름답기보다는 괴이했다. 옆자리의 명철이 몸을 비틀다가 팔꿈치로 재서의 단정한 머리를 건드렸다. 사과 대신 손가락을 아무렇게나 튕기며 헤헤거리는 명철에게 화가 난 재서는 **명철은 한 권의 오래된 시집이었다,** 라고 썼다. 재서는 명철의 책상 위에 놓인 시집을 펼쳐 제일 먼저 눈에 들어오는 행을 소리 없이 읽었다. **오늘 저녁 이 좁다란 방의 흰 바람벽에 어쩐지 쓸쓸한 것만이 오고 간다.**

시에 관해서는 문외한이었으나 손가락을 튕기고도 헤헤거리는 명철보다 시집이 몇 배, 몇십 배 더 낫다는 사실만큼은 분명했다. 재서는 흐뭇한 웃음을 짓고는 운명의 맞수 재섭을 다음 목표로 삼았다. 자신의 이름에 없는 ㅂ을 가지고 있는 재섭, 팔방미인 재섭, 수업 중에도 늘 뭔가를 흥얼거리며 즐거워하는 재섭 때문에 하루에도 수십 번씩 눈살을 찌푸렸던 기억을 떠올렸다. **재섭은 아직 태어나지 않은 침묵의 노래였다,** 라고 쓴 후 재섭 쪽을 보았다. 아직 태어나지 않은 침묵의 노래가 케플러 선생이 예언했던 타원 궤도를 돌며 재섭의 빈자리를 맴돌았다. 재서는 다른 소년들의 새로운 운명도 글로 만들어 주었다. 석소는 눈먼 앵무새가 되었고, 성훈은 손바닥에 눈이 달린 천수관음이 되었고,

중현은 박제된 원숭이가 되었고, 재욱은 야구 글러브가 되었다. 창작의 고통에 지친 재서는 **그들은 봄날의 짧은 향기처럼 갑자기 사라졌다,** 라는 아우슈비츠급 집단 실종의 문장으로 나머지 소년들을 저세상으로 보내 버리고는 글을 마무리했다. 뿌듯함으로 심장이 따뜻해지고 머리가 맑아진 재서는 기지개를 켜며 자신의 글이 만들어 낸 세계를 눈으로 확인했다. 창밖에서는 꽃비가 비규범적으로 내렸다. 이마에 늙은 개처럼 검은 딱지가 앉은 선생은 대학 노트를 읽고 있었고, 명철 시집은 고요히 자리를 지키다가 바람이 불면 그리운 듯 표지를 이따금 펄럭였고, 눈이 먼 앵무새는 우, 혹은 어 하고 야유에 명상을 섞어서 울었고, 박제된 원숭이의 손가락에서는 요가승의 긴 손톱이 자랐다. 천수관음은 이 모든 광경을 손바닥의 침침한 눈으로 바라보며 나무아미타불을 읊조렸고, 아직 태어나지 않은 노래와 야구 글러브가 열정 섞인 뜨거운 침묵의 음성으로 교실 전체를 안타깝고 부드럽게 감쌌다. 재서는 깊은 한숨을 지었다. 한 줄 한 줄 써 나갈 때는 몰랐는데 문장과 문장이 이어져 하나의 이야기로, 세계로 완성된 자신의 글은 끔찍한 대재앙이었다. 천박한 사고와 얄팍한 감상과 진부한 복수극과 우울한 농담의 집합체에 지나지 않왔다. 재서는 수업을 시작하면서 선생이 낭독했던, 독특하고 아름답게 머리를 깨우던 문장들을 떠올렸고 그 문장들과는 조금도 닮지 않은 자신의 글을 보았다. 재서는 어리고 어리석으면서도 더러운 인간이었고, 불구와 불행을 인내하지 못하는 성질 급하고 무가치한 인간이었다.

퇴고가 필요해.

재서는 머릿속에서 반복적으로 들려오는 테무친의 성마른 말발굽 소리를 들으며 자신이 쓴 문장들을 한 줄 한 줄 고쳤다. 꽃비를 지웠고, 이마의 딱지를 없앴고, 사물, 혹은 동물, 혹은 무존재로 변신시켰던 소년들을 원래 모습대로 복원시켰다. 자신을 행인에 비유했으나 늙은 개의 삶을 살아야만 했던 선생이 대학 노트를 덮곤 다시 천장의 먼지를 보며 입을 열었다. 남을 아프게 하지도 못하고, 가렵게 하지도 못하고, 구절마다 평평범범하고 데면데면하여 우유부단하기만 하다면 이런 형편없는 글을 도대체 어디다 쓰겠느냐?

선생은 과연 선생이었다. 소년들이 웅성거리거나 킥킥거리거나 비웃거나 침을 삼키거나 하품하는 소리를 들으며 재서는 새로 떠오른 문장들, 새로 변형되어 머릿속에 선명하게 나타난 문장들을 그대로 받아쓰셨다.

　　나의 이름은 재서다. 그건 나도 어쩔 수 없다. 이야기를 끝내
　　겠다.

　자신의 방식으로 이야기를 마치기로 결심한 재서는 마지막으
로 선생을 한 번 더 보았다. 선생이 재서의 마음을 읽은 듯 풍장
을 막 목격한 티베트 독수리의 눈으로 재서를 노려보며 느리게
말했다.
　글쓰기에 관한 어떤 조언도 하고 싶지 않았다. 잠 못 이루고 만
든 소중한 결심을 허무로 되돌리고 싶지는 않았다. 그러나 수심
에 잠긴 너의 갈색 눈동자를 보니 오랫동안 마음속에 담아 두었
던 생각을 밝히지 않기란 참으로 어렵구나. 재서야, 글쓰기가 과
연 무엇이겠느냐? 너는 글쓰기가 무엇인가를 새로 창조하는 행위
라고 생각하느냐? 그렇다면 너는 잘못 안 것이다. 글쓰기는 결코
새로 무엇인가를 만들고 더하는 행위가 아니다. 지어진 건물들을
허물고, 더해진 사항들을 찾아내 빈틈없이 제거하는 것, 그러므
로 글쓰기는 결국 포기하고 부수고 허무는 작업이라는 것을 어

리고 어리석어 맑은 너는 반드시 알아야 한다. 부수고 허물고 포기한다, 그것은 과연 무엇을 뜻하는가? 창조에 대한 의심이다. 머릿속과 마음속에 흩어져 있는 생각을 정확히, 빠짐없이 긁어모아 글로 옮길 수 있는 사람은 이 세상에 단 한 명도 없다는 사실에 대한 자각이다. 글쓰기의 초보나 글쓰기의 대가나 그 점에서는 다를 바가 없다. 평등! 그러므로 글을 쓰는 사람은 자만심의 만리장성을 부수고 자기애의 장미밭을 포기하고 결국은 겸손과 침묵의 좁은 자갈 텃밭에 맨손으로 귀의하기 마련인 것이다.

선생은 이별하듯 고개를 끄덕였다. 재서는 부처처럼 입술을 감쳐물었고 예수처럼 고개를 숙였고 공자처럼 조용히, 무함마드처럼 단호하게 이야기에서 사라졌다. 재서의 자리에서 할미꽃처럼 허리를 뒤틀며 힘겹게 피어난 모시나비 한 마리만이 이제는 더 이상 존재하지 않는, 실은 존재한 적도 없는, 비규범적으로 걸쭉하게 내리는 레드 이글 종 장미 꽃비를 찾아 날았다. 하지만 원숭이도 천수관음도 호랑나비도 아닌, 야구 글러브는 더더욱 아닌, 투명하여 보이지 않는 모시나비 한 마리의 노래 없는 서투른 움직임에 관심을 보이는 소년은 아무도 없었다. 선생은 창가로 갔다. 보이지 않는 채집망으로 나비를 잡으려던 선생은 마음을 바꿔 먹었고, 손가락을 움직여 뜻 모를 동작들을 서너 번 취했다가, 보시하듯 느리게 창문을 열었다. 모시나비는 연약한 날개를 힘겹게 저어 공중에 머물며 교실을 조감한 뒤 어둡고 불길한 세상으로 고요히 날아갔다.

2. 공무실의 모네

생각하고 또 생각하면 귀신이 통하게 해 준다는 옛사람의 말이 있는데 실은 귀신이 통하게 해 주는 게 아니라 학교와 선생이 통하게 해 주는 것이다.

고조선의 유교 지향적 무신론자 서경덕, 기원전 3세기

—

50CC 중고 대림 오토바이처럼 경망스럽고 요란하게 손을 털며 화장실에서 나오던 중현을 음악 선생이 불러 세웠다. 선생은 경망을 재빨리 복도에 던져 버리고 모범생의 부동자세로 전환한 중현에게 심드렁한 목소리로 명령을 내렸다. 공무실에서 모네의 달밤

에 체조하는 소년들을 가져와라. 비밀번호는 1234다.

교무실에서요?

교무실이 아니라 공무실.

공부실이요?

공무실이라니까.

공무실이 어딘데요?

너 다른 학교에서 전학 왔냐?

아닌데요. 1학년 때부터 쭉 다녔는데요. 결석도 안 했는데요.

귀에 문제가 있냐? 요즘 보청기는 귀 안에 있어 밖에서는 보이지도 않는다던데.

아닌데요. 머리는 몰라도 귀는 멀쩡한데요. 보청기 같은 건 물론 없고요.

그런데 공무실이 어딘지를 몰라?

키가 유난히 작아 미니미라 불리는 음악 선생은 허리에 손을 올리고 중현을 올려다보았다. 중현은 사과는 빠르게, 라는 급훈을 떠올렸다. 키 작은 사과가 매운 법이라는 논리적으로 어긋난 문장을 머릿속에서 쓰윽 지워 버리곤 급훈이 지시하는 대로 자신의 잘못을 빠르게 인정했다.

죄송합니다.

학교를 얼마나 대충 다녔으면…….

죄송합니다.

사과는 또 잘해요.

아, 네. 제가 좀 그렇습니다.

슈베르트 유언대로 웃는 놈 얼굴에 침 뱉기는 하룻밤에 교향곡 두 곡 쓰기보다 훨씬 더 어렵구나. 자, 두 번 말하지 않을 테니 똑똑히 들어라. 3층 도서관 옆 복도를 따라 끝까지 들어가면 방이 하나 나와. 거기가 공무실이야. 알겠어? 어때, 어려운 거 전혀 없지?

네.

알아들었으면 빨리 뛰어가서 가져와 이 새끼야. 수업에 필요하니까.

네.

중현은 선생의 명령대로 일단 뛰었다. 선생의 모습이 보이지 않는 2층 계단참에 도착한 후에는 곧바로 멈췄다. 난간에 손을 얹고 숨을 고르며 선생이 공무실에 대해 퍼부었던 말들을 생각했다. 중현은 도서부원이었다. 2년 가까이, 학교에 등교하는 날이면 하루도 빠짐없이, 등교하지 않는 주말과 휴일에도 일과 휴식을 겸해 가끔 도서관을 출입했지만 공무실은 한 번도 본 적이 없었다. 도서관은 3층 막다른 곳을 독차지했다. 도서관까지 연결된 복도는 있을 수 있어도 도서관 옆에 복도가 있을 수는 없으며 있어서도 안 된다는 뜻이었다. 미니미 음악 선생이 게이라는 소문은 사해에 넓고 고르게 퍼져 있었다. 선생의 정신이 온전하지 않다는 이야기는 일주일에 555개씩 업데이트되는 노란 까마귀 소년의 School's hot 진괴소(진실, 괴담, 소문) 팟캐스트에서도 전혀 언급된 적이 없었다. 중현은 엉덩이에 벌침을 맞은 곰처럼 얼굴을 찌푸린 채 제자리를 맴돌며 고민하다 결론을 냈다. 이미 2층에 도달한 만큼 일단 3층까지는 가 보기로 했다. 뭐, 밑져야 본전 아니면 same same 아니면 50 대 50, 얼간이처럼 싱거운 농담에 깜빡 속은 건 뼈아파도 다리는 그만큼 튼튼해질 테니까. 미친 미니미 게이 새끼 공사다망한 학생한테 장난치는 수준 봐라, 하고 음악 선생에게 합당하다고 생각되는 욕설을 빠르게 부여한 뒤 다시 뛰기 시작한 중현은 '책은 우리의 영혼을 삼겹살처럼 두툼하게 살찌운다!'라는 하품이 절로 나는, 율곡 선생이 처음 입에 담았던 오백 년 전부터 비계처럼 끈질기게 내려온 통속적인 경구가 미

21

끈미끈한 필기체로 내걸린 도서관 앞에서 발걸음을 멈추었다. 중
현은 침을 삼켰다. 자신이 보고 있는 풍경이 도무지 믿기지 않았
다. 눈꺼풀에서 톡, 하고 방울이 터지는 소리가 날 때까지 눈을 비
빈 후에 다시 눈을 뜨고 보았다. 도서관 옆, 그러니까 도서관 좌
측에는 정말로 복도가 있었다. 지난 2년간 존재하지 않았던 복도
가 눈앞에 있었다. 소년 두 명이 어깨를 맞대고시야 간신히 지나
갈 수 있는, 쓸모로 치자면 무용지물 격의 좁은 복도가 푸르게 칠
한 새 벽을 천박하게 자랑하며 도서관 옆에 떡하니 자리 잡고 있
었다. 중현은 미지의 공간에 처음 발을 디뎠던 암스트롱의 집착적
으로 위대했던 도전을 떠올리며 조심스럽게 발을 뻗어 복도를 확
인했다. 바닥에 발이 닿는 감촉이 확실히 느껴졌다. 달이 존재하
듯 복도도 존재했다. 복도는 가상현실이나 홀로그램이 아니라 실
제로 존재하는 구체적 공간임에 분명했다. 주위를 둘러보았다. 삼
사 미터 떨어진 3학년 취업반 교실에서 대학도 못 가는 무식한
선배 새끼들이 오리 떼처럼 와자지껄 떠들어 대는 소리가 들렸다.
중현은 콧구멍에 손가락을 넣고 자신의 숨결과 더불어 잠시 고민
하다가, 넣었을 때보다 더 빠르게 빼내곤 복도를 따라 위대한 한
걸음을 뗐다. 칠한 지 얼마 되지 않은 페인트에서 풍기는 벤젠과

톨루엔 냄새가 안 그래도 복잡한 머리 가죽을 그대로 뚫고 들어와 대뇌를 마구 어지럽혔다. 아스피린 복용을 깜빡 잊은 부처처럼 이마에 손을 대고 얼굴을 찡그린 채 십오 미터가량 걸었더니 하얗게 칠한 문이 나타났다. 문 한가운데에는 검은 붓글씨로 空無室이라는 한자가 한자답게 가로가 아닌 세로로 적혔다. 고풍스러운 이름과는 달리 문에는 게이트맨이 설치되어 있었고 한 걸음 다가가자 숫자판이 환영 인사를 건네듯 환하게 밝아졌다. 미니미 선생이 알려 주었던 비밀번호를 누르자 딩동댕 소리와 함께 잠금 장치가 해제되었다. 중현은 잠시 머뭇거리다가 문을 열고 안으로 들어갔다.

어디에나 시선과 발걸음을 방해하는 장애물이 존재하는 학교에서 좀처럼 보기 어려운, 기둥이나 칸막이 하나 없는 특이한 공간이 중현 앞에 펼쳐졌다. 실내엔 조명 또한 없었다. 창문도 전혀 없었으나 공무실 안은 어둡지 않았다. 보름이 되려면 아직 사나흘은 더 기다려야 하는 상현달의 세련된 빛이 실내를 은근하게 밝히고 있었다. 순간적으로 미약한 공포를 느낀 중현은 등 뒤 게이트맨의 손잡이를 돌려 보았다. 문은 쉽게 열렸다. 밖에서 들려오는 취업반 선배 새끼들의 지저분한 소음과 그 소음을 중화시키는 눈부시도록 환한 햇빛은 학교가 현실 세계의 대낮에 굳건히 존재하고 있음을 상기시켰다. 중현은 소리 나지 않게 문을 닫고는 공무실을 천천히 살폈다. 공무실엔 기둥과 칸막이와 창문만 없는 게 아니었다. 사물이라 부를 만한 것이 아예 없었다. 이름과 실재가 일치하는 드문 미덕을 발휘하는, 공과 무라는 이름 그대로 딩 비어 있는 공간이었다. 중현은 희지도 검지도 않은, 그렇다고 회색이나 은색이나 달빛이라고 말하기도 어려운 공무실의 미묘한 벽을 보며 비교철학과 진학을 목표로 하는 학생답게 최대한 논리적으로 생각하려 노력했다. 2년 가까이 학교를 다녔던 중현이 인지하지 못했던 공무실이 눈앞에 실제로 존재한다는 건 속으로 늘 무시했던 미니미 선생의 말이 사실이라는 증거였다. 역시 아무리 못나도 선생은 선생이었다. 중현은 자신의 머리를 주먹으로 살짝 쥐어박으며 이러니까 넌 더 배워야 해, 아리스토텔레스와 플라톤과 가라타니 고진과 지젝도 부지런히 읽고, 하고 중얼거렸다. 그러나 지금은 그동안 무시했던 선생에 대한 존경을 표할 때도, 자책에 빠져 있을 때도, 독서 계획을 세울 때도 아니었다. 공무실이 존재한다는 건 선생이 가져오라고 명령한 모네의 그림도 분명히 존재한다는 뜻이었다. 중현의 임무는 간단했다. 눈에는 보이지 않는 그림을 어떤 식으로든 찾아내 교실로 가져가는 것. 중현은 손바닥을 벽에 대고 천천히 걷는 방법을 택했다. 지렁이 이상의 두뇌를 갖춘 그 누구라도 쉽게 생각할 수 있는 평범하고 통속적인 방법, 위대하신 윌리엄 오컴 씨가 도루코 면도날에 턱을 베는 순간 깨달음을 얻어 창시했다는 단순무식한 방법은 과연 효과가 있었다. 왼쪽 벽을 돌아 중앙 벽에 이른 순간 무언가가 손끝에 걸렸다. 표면이 울퉁불퉁한 장방형 물건의 존재, 액자로 짐작되는 존재가 손가락에 느껴졌다. 중현은 팬터마임 배우처럼 과장된 동작으로 눈에는 보이지 않으나 손에는 분명히 느껴지는 물건을 벽에서 떼어 냈다. 짐작은 맞았다. 테두리가 검은 액자였다. 떼어 내고 보니 칠흑처럼 검은색의, 실은 전혀 울퉁불퉁하지 않고 매끈한 액자가 걸려 있는 동안엔 전혀 눈에 띄지 않았던 이유가 궁금했지만 모든 일에는 순서가 있는 법, 액자의 비밀을 푸는 건 나중 일이고 우선은 그림이 맞는지부터 확인해야 했다. 공무실 벽에 걸려 있는 액자는 어쩌면 하나 이상일 수도 있다는 피타고라스적으로 클래식하고 소피스트한 생각이 대뇌피질을 툭툭 두드렸기 때문이다. 중현은 B4 용지 크기의 액자 안에 들어 있는 그림을 자세히 살폈다. 보호 유리도 없는 모네의 그림은 붓 자국까지 선명하게 드러나 있는 것이 꼭 진품 같았다. 파도가 치는 바닷가가 보였고 모래사장에서 노는 소년들이 보였다. 바닷가와 소년들은 어딘지 모르게 익숙하고 친근했다. 그림 속 소년들은 손을 흔들며 중현을 부르고 있었다. 순간 가슴이 벅차올랐으나 중현은 고개를 세게 흔들었다. 한때는 경기도 수원시 유지부 배영 C그룹에서 25미터 한국 최고 기록을 세운 수영 영재였지만 지금은 물살이 등살을 마사지하는 오묘한 기쁨을 즐기며 승리를 추구할 때는 아니었다. 미니미 선생의 중대한 명령을 수행하고 있는 중이었으니. 중현은 잔뜩 화난 표정을 꾸며 지으며 그림을 노려보았다. 바닷가, 파도, 모래사장, 소년들, 비록 제목이 적혀 있지는 않지만 선생이 말한 그림인 바닷가에서 노는 소년들임에는 틀림없어 보였다. 중현은 오른손으로 그림을 들고 왼손으로 게이트맨의 손잡이를 돌렸다. 밖으로 나가기 전에 공무실을 한 번 더 살폈다. 처음에는 미약한 공포에 사로잡혀 흠칫 몸을 떨기도 했으나 공포가 사라지고 안정을 되찾은 지금 공무실의 느낌은 전반적으로 평가할 때 A 마이너스 수준은 되었다. 눈을 편안하게 해 주는 상현달의 세련된 빛도 괜찮았고 귀를 기울이면 크낙새가 우는 소리,

소년들이 아리랑 목동을 부르는 소리, 혹은 고요한 파도가 모래를 스치는 소리 같은 그립고 친근한 음향이 멀리서 들려오는 것도 마음에 들었다. 중현은 기회가 된다면 다음에 한 번 더 방문하고 싶다는 생각을 했다. 도서관에서 새로 들어온 책을 정리하는 고된 작업을 마친 뒤에 휴식 삼아 들러도 좋겠다는 생각을 했다. 단짝이자 같은 도서부원인 석소와 함께 와도 괜찮겠다는 생각을 했다. 참선과 추상화와 스피노자와 트위터에 빠져 있는 힙한 석소라면 공무실의 분위기에 혹할 게 분명했다. 비밀번호까지 알았으니 출입하기 어렵지도 않을 것이었다. 1234라는 성의와는 거리가 멀고 먼 비밀번호로 볼 때 조만간 번호가 국정원 수준으로 지저분하고 난해하게 바뀔 가능성은 전혀 없어 보였다.

복도를 지나면서 교실 안을 살폈다. 수업은 이미 시작되었다. 조금만 기다릴 것이지. 하여간 미니미는 양심도 쥐 똥구멍만 하다니까. 브리츠 사운드바를 통해 흘러나오는 발키리의 기행에 맞춰 고개와 손을 호박벌처럼 바삐 움직이던 음악 선생은 문을 열고 들어선 중현을 보며 턱을 살짝 움직였다. 턱의 방향과 움직임에 내포된 무언의 언어로 볼 때 자리로 가서 앉으라는 뜻인 것 같았다. 중현은 미니미 선생의 권유를 따르지 않았다. 그림을 가져오라고 말한 것은 선생이었으므로, 그림은 수업에 필요하다고 했으므로 중현은 그림을 전달한 후에야 자신의 자리로 돌아갈 수 있을 것이다. 중현이 똥을 먹다 벼락 맞은 개처럼 입술에 힘을 준 채 꼼짝도 하지 않고 서 있자 선생은 한 번 더 턱을 움직였다. 중현이 여전히 별다른 반응을 보이지 않자 입가를 마구 구기면서 움직이는 짜증 만땅의 표정을 후기 스트라빈스키 스타일로 재해석해 선보인 미니미는 핸드폰을 들어 음악을 중단시켰다.

수업에 늦었으면 조용히 자리로 들어갈 일이지 뭘 잘했다고 버티고 서 있냐?

그게요…….

아니꼬우냐?

그럴 리가요. 저는 선생님을 존경합니다.

알았다. 군사부일체, 선생은 임금과 동급, 제자는 땅바닥의 지렁이니 마땅히 존경해야지. 기본 교양은 있는 놈이로구나. 그런데 도대체 뭐가 문제냐?

그림을 가져왔습니다.

무슨 그림?

선생님이 가져오라고 말씀하신 그림이요.

내가?

네.

지금 영화 찍냐?

아뇨.

몰카 찍냐?

아뇨.

그럼 유튜브?

아뇨.

음악 시간인 건 알고 있냐?

네.

그런데 내가 그림을 가져오라고 했다? 음악 선생인 내가.

네, 화장실을 나오며 손을 탈탈 털던 저에게 공무실에 가서 그림을 가져오라고 하셨잖아요.

교무실?

공무실이요.

공부실?

아니, 공무실이요.

공무실이 도대체 뭐하는 곳이냐?

공무실이 도대체 뭐하는 곳이냐는 선생의 존재론적으로 심오한 질문에 중현은 눈을 빠르게 깜빡였다. 중현은 비교종교학과 진학을 목표로 하는 성실한 학생이었고, 니체와 예수와 소크라테스를 존경하며, 선생의 질문에 답을 하는 것을 영광이자 자랑으로 여기며 살아왔지만 지금은 그렇지 않았다. 자신의 크고 맑은 두 눈으로 직접 보았고 부드럽고 길쭉한 두 손으로 분명히 느꼈음에도 공무실이 도대체 무엇을 위해 만들어진 공간인지 중현의 평범한 머리로는 도무지 파악할 수 없었기 때문이다. 중현은 구원을 요청하듯 간절하게 한 손을 가슴에 얹고 선생의 눈을 바라보았다. 공무실에 다녀오라고 말한 건 미니미 선생이었다. 그런데 지금 선생은 공무실에 대해 전혀 모르는 사람처럼 행동하고 있었다. 이게 다 뭔가? 이거야말로 몰카인가? 아니면 공무실은 공개해서는 안 되는 비밀의 장소인가? 혹시 프리메이슨? 21세기에 환생한 청년 의열단? 양반김 구멍처럼 작은 선생의 눈을 통해서는 의중을 쉽게 읽기가 어려웠다. 중현은 교실 벽에 걸린 급훈을 읽었다. 사과는 빠르게, 현 상황에는 별 도움이 안 되는 썩은 과일처럼 씁쓸한 급훈을 눈으로 훑으며 인정과는 거리가 먼 냉혈한 미니미, 사정을 속 시원히 밝히지 않는 음험한 미니미와 괜한 논쟁을 벌일 필요는 없다는 실용적인 결론을 내렸다. 중현은 학생이었다. 학생이란 무엇인가? 선생의 말을 따르는 자들이다. 그 말이 비록 개지랄의 변형일 뿐일지라도. 논리 공방은 비교심리학과에 진학한 후에 해도 된다. 그러니 지금은 사과도 말고 논쟁도 말고 실망도 말고 추측은 더더욱 말고 선생이 시킨 일을 제대로 끝내는 것으로 충분했다. 중현은 선생에게 그림을 내밀며 말했다. 선생님이 가져오라고 하신 달밤에 체조하는 소년들이에요.

선생은 한 걸음 다가와 고개를 왼쪽으로 젖히고는 중현을 올려다보았다. 이거 참, 도대체 뭐하자는 수작이냐?

수작이라뇨?

그럼 뭔데?

그림을 드리는 거예요.

무슨 그림?

모네의 그림이요.

너야말로 달밤에 체조하냐?

화가 난 중현은 그림을 든 자신의 손으로 시선을 옮겼다. 눈을 위에서 아래로 내리는 2나노세컨드의 짧은 순간에도 불안이 온

몸의 핏줄을 타고 짜르르 흘렀다. 몸은 정직했고 예감은 맞았다. 어느새 그림은 사라지고 없었다. 그러니까 중현은 아마추어 팬터마임 배우처럼 서툴고 과장된 동작으로 아무것도 들고 있지 않은 손을 선생에게 내밀고 있었던 것이다. 선생의 반응이 비로소 이해되었고 머릿속이 하얘졌다. 그림이 없으면 공무실도 존재하지 않는 공간이 될 것이다. 선생의 명령을 따른 중현의 위대한 성실과 믿기지 않는 사실을 의심하지 않고 받아들인 거룩하고 선한 마음 또한 함께 사라지고 말 것이다. 중현의 눈에 급훈이 다시 한번 들어왔다. 사과해? 그러나 사과할 일은 아니라고 생각했다. 사과를 하지 않는다면? 상황은 중현에게 절대적으로 불리했다. 당장은 제시할 카드가 없었다. 참선학과를 목표로 한 학생답게 이해관계에 대한 경제적 판단을 빠르게 마친 중현은 미니미 선생에게 수업에 늦어서 죄송하다고 말하며 고개를 푹 숙여 보인 뒤 차분하게 자신의 자리로 가 앉았다. 선생은 아무 말 없이 중현을 바라보다가 홍, 콧소리를 내곤 다시 음악을 틀었다. 꼼꼼한 발키리가 교실을 빈틈없이 폭격하는 동안 중현은 공무실을 떠올렸다. 희지도 검지도 않은, 회색도 은색도 달빛도 아닌 공무실의 미묘한 벽과 귀를 기울이면 은은히 들리던 딱따구리와 소년들의 트로트 메들리와 파도 소리를 생각했다. 뒷자리에 앉은 석소가 중현의 어깨를 툭 치며 비웃듯 속삭였다. 방금 뭐한 거냐? 아무튼 너, 오늘 아주 제대로 웃겼어. 하여간 한번 또라이들은 영원히…….

중현은 두 눈을 꼭 감았다. 창밖에서는 바다의 파도를 머금은 솔바람이 불었고 교실 바닥에서는 벤젠과 톨루엔 냄새가 죽순처럼 쑥쑥 자라났고, 모네는 지휘하듯 마우스를 바쁘게 움직여 소년들이 달밤에 체조하거나 바닷가에서 노는 그림을 그렸고, 한때 중현이 돌멩이처럼 신뢰했던, 그러나 결코 도서부원인 적은 없었던 석소는 또라이, 또라이, 또라이라네, 하는 아리랑처럼 단조롭고 애절한 곡조의 노래를 반복해서 불렀다. 다시 눈을 뜬 중현은 고개를 돌려 석소의 멱살을 잡고 체호프와 도스토옙스키를 이유 없이 증오하는 명리학자답게 조용히, 위협적으로, 미학적으로 속삭였다. 미니미보다 백 배 더 어리석은 새끼야, 너는 2년 가까이 학교에 다녔으면서도 학교가 어떤 곳인지는 전혀 몰라. 교장이 부인하고 미니미가 모른 척하고 갈릴레이가 딴청을 부려도 공무실은 정말로 있어. 눈을 감고 귀를 막으면 너 같은 바보 새끼도 보고 들을 수 있는, 이 학교에서 유일하게 실재하는 공간이라니까.

3. 지독한 꿈

학교에서 공부를 하고 있는 동안 학생들은 잠들어 있지 않고 깨어 있다.
어쩌면 그들을 잠들어 있지 않고 깨어 있게 만드는 것이야말로 학교에서
의 공부가 갖는 가장 훌륭한 점인지도 모른다. 단식 광대는 단식을 하고,
문지기는 침묵을 지키고, 교장은 감시를 하고, 학생들은 잠들어 있지 않고
말하지 않고 깨어 있다.

체코슬로바키아의 북부 일본어 통역사 오귀스트 벤야민, 18세기

—

　성훈은 깊은 잠에 빠졌다. 제조된 지 33.324년은 족히 넘었을,
인체공학엔 철저히 눈 감고 시침 떼고 만들어진 딱딱한 의자와

비좁은 책상이 수면 과학과 양자 역학과 인공 지능 이론을 토목 공학적으로 통섭해 탄생한 우주 최강의 에이스 침대라도 되는 양 곱고 예쁜 숙면을 취했다. 재서는 CF 배우처럼 입꼬리에 웃음을 머금고 달콤새콤한 잠을 자는 성훈의 곁을 내내 지켰다. 헤세의 눈물 나도록 하품 나는 유리알 유희라는 비유희적인 책을 놀라운 끈기와 집중력을 총동원해 읽으며 시종처럼 옆자리를 굳게 지키던 재서는 소년들이 책상과 의자를 밀치며 요란하게 체육복을 갈아입는 소리에 놀라 황급히 책을 덮고 핸드폰을 들어 시간을 확인했다. 5교시 체육 수업이 시작되기까지는 이제 15분이 남았다. 체육복을 갈아입어야 하니 실질적인 잔여 시간은 10분, 조금이라도 늦었다간 무조건 운동장을 돌리거나 팔굽혀펴기를 시키고 보는 체육 선생의 강퍅한 성격을 감안하면 미리 나가 있는 게 신체 유지와 정신 건강에 좋을 테니 결국은 5분이 남은 셈이었다. 기왕 휴대폰을 든 김에 재서는 잠자는 성훈의 얼굴을 네다섯 장 연속으로 찍었다. 재서는 거금 2,500원을 주고 구입한 피카 앱으로 자신이 찍은 사진들을 보정하면서 고개를 좌우로 흔들었다. 보정 작업이 별 의미가 없을 정도로 굴욕이라는 해시태그와는 거리가 멀었다. 매사에 빈틈이 없는 모범생 성훈은 잠자는 모

습마저 반듯했다. 입을 벌리지도 않았으며(당연히 침도 흘리지 않
았다) 코를 쿵쿵거리지도 않았으며(당연히 코도 골지 않았다) 머리
카락마저 평소의 단정한 모습 그대로였다. 늘 다른 친구들을 의
식하는 신중하거나 내성적인 성격은 수면 중에도 그의 곁을 떠나
지 않았다. 마치 그의 근면한 슈퍼에고가 24시간 편의점의 ATM
기계처럼 잠들지 않고 깨어 있어 그를 통제하고 주변을 경계하는
것 같았다. 재서는 자신이라면 어땠을까 하고 생각해 보았다. 수
학 학원 버스에서 깜빡 잠들었다가 자신이 코 고는 소리에 놀라
서 화들짝 눈을 떴던 경험이 제일 먼저 떠올랐다. 입을 막고 쿡쿡
거리던 건너편 여자애가 황급히 고개를 돌렸으나 흐느낌에 가까
운 웃음소리는 돌린 고개를 채 따라가지 못했다. 단발머리가 잘
어울리는 여자애였다. 그때의 절망감이란. 주인의 의지에 반하는
못난 코를 떼어다 짓밟아 버리고 정숙하고 날카로운 새 로봇 코
를 장착하고 싶었다. 이미 체육복을 다 갈아입은 반장이 재서의
머리를 툭 치며 명령하듯 말하고 지나갔다. 교실이 안방인 양 푹,
푹 주무시는 저 화상 좀 깨워라. 체육 선생 성격 지랄 같은 거 모
르냐? 4교시 수업받았던 애들은 처음부터 끝까지 팔굽혀펴기만
했다더라. 선생과 거의 동시에 도착한 놈이 딱 한 명 있었다는데.

왜 머리를 때리고 지랄이야?

지랄? 이 새끼가 지금 나한테 지랄이라 그랬냐?

그건······

정색하는 반장 얼굴을 보고 재서는 무릎이 반쯤 튀어나온 말을 다시 입안에 넣고 꿀꺽 삼켰다. 자신의 권위를 과시하듯 커다랗고 물컹한 복숭아 엉덩이를 흔들며 천천히 교실 문을 빠져나가는 반장의 뒤통수에 갈릴레이의 망원경을 들어 관찰하지 않고는 파악하기 어려운 미세 알밤을 먹이는 것으로 소심한 복수를 완성한 재서는 성훈의 어깨를 살짝 흔들었다. 성훈은 깨어나지 않았다. 재서는 한 손으로는 어깨를 잡고 다른 한 손으로는 팔꿈치를 당기며 조금 전보다는 47퍼센트 더 세게 힘을 주었다. 성훈은 깨어나지 않았다. 재서는 자리에서 일어나 양손을 성훈의 옆구리에 대고 세게 흔들며 목소리를 높였다. 잘 잤지? 이제 그만 일어나.

체육복을 갈아입던 소년들이 여럿 돌아보았음에도 성훈은 미동도 하지 않았고 미소 또한 여전했다. 석소가 다가와 성훈의 귀에 대고 소리를 질렀다. 일어나, 이 변태 같은 새끼야.

옆에 있던 재서의 귀가 먹먹해질 정도의 위력적인 목소리였으나 성훈은 전혀 반응을 보이지 않았다. 재욱이 다가와 성훈의 눈꺼풀을 뒤집으며 호들갑을 떨었다. 이 돼지 새끼 뭐 잘못된 거 아냐?

몇몇 소년들이 동조하듯 낄낄댔지만 깊이 잠들었다는 이유 하나만으로 졸지에 급우들에게 변태이자 돼지 새끼로 몰린 성훈은 여전히 미소를 머금은 채 아무런 반응을 보이지 않았다. 재서는 당황한 눈길로 소년들을 바라보며 도움을 청했다. 선생한테 알려야 하지 않을까? 양호실로 데려가야 하나? 아니면 상담실? 119?

상담실을 제외하고는 제법 현실적이고 타당한 방법들을 제시한 재서의 말에 대꾸하는 소년은 아무도 없었다. 어느새 체육복을 다 갈아입은 그들은 재서의 말이 끝나기도 전에 교실을 빠져나갔기 때문이었다. 이제 교실에는 재서와 성훈, 둘뿐이었다. 핸드폰을 들어 수업 시작 시간까지 5분이 남은 것을 확인한 재서의 마음이 조급해졌다. 다른 날 같으면 이미 밖에 나가 있어야 함에도 재서는 여전히 교실에 머물러 있었다. 불안에 빠진 재서는 성훈의 몸을 타도해야 할 외계 적군인 것처럼 세게 흔들었고 잘못하다간 고막을 다칠 수도 있겠다는 두려움에 떨면서도 성훈의 귀에 대고 소리를 질렀고 예기치 못한 피해에 직면하게 될 급우들에게 미안하다 여기면서도 그들의 책상과 의자를 도미노처럼 연속으로 넘어뜨려 토르의 망치처럼 요란한 소리를 만들어 보기도 했다. 그러나 성훈은 눈꺼풀 하나 움직이지 않았다. 마치 소음과 진동을 차단하는 유리 막 너머 다른 평행우주에 거주하는 사람처럼 웃음을 머금은 채 편안하게 잠들어 있을 뿐이었다. 재서는 고장 난 중국 인공위성처럼 성훈의 주위를 빠르게, 혹은 느리게 돌며 안절부절못하다가 결단을 내렸다. 우선은 체육복부터 갈아입어야 했다. 체육 선생은 인정사정없는 인간이었다. 잠들어 깨어나지 않는 성훈에겐 체육복을 갈아입을 수 없는 이유가 확실히 존재했지만 재서는 아니었다. 점심을 먹고 난 뒤 그 긴 시간 동안 체육복도 갈아입지 않고 도대체 무엇을 하고 있었느냐고 따져 묻는다면 딱히 답할 거리가 없었다. 유리알 유희를 읽느라고 그랬다고 답한다면 비웃음과 매를 동시에 버는 일일 것이다. 마음이 흔들리는 까닭에 체육복을 갈아입는 평범한 일을 수행하는 중에도 계속 실수를 저질렀다. 팔과 다리를 잘못 집어넣는, 어린아이가 저지를 법한 행동을 여러 차례 반복한 끝에 간신히 체육복에 몸을 끼워 넣은 재서는 마지막이라는 단어를 절망적으로 떠올리며 다시 한번 성훈 깨우기 작업을 시도했다. 그러나 재서가 예감했듯 결론은 이미 나 있는 것이나 마찬가지였다. 재서의 연약한 힘과 목소리로는 이미 다른 세계로, 다른 우주와 차원으로 넘어가 버린 웃는 남자 성훈을 도저히 깨울 수 없었다. 성훈의 잠은 평범한 잠이 아니었다. 뭐랄까, 잠을 자는 것으로써 자신의 존재 의의를 증명하고 있는 중이었다. 스피커에서 지지직 소리가 났다. 위대한 존 콜트레인이 자이언트 스텝스를 연주하기 위해 색소폰을 입에 물기 직전 숨을 고르는 그 짧은 순간에 재서는 성훈의 귀에 대고 빠르게 속삭였다. 나를 굳게 믿고 잠들었을 텐데 너를 혼자 두고 나가게 되어서 미안해. 상황이 이렇게 된 이상 나라도 체육 수업에 참가하는 게 우리가 선택할 수 있는 최선의 길인 것 같아.

재서는 성훈의 단정하고 엄격한 머리카락을 손가락으로 살짝 쓰다듬은 뒤 교실 문을 향해 몸을 돌렸다. 교실을 가득 채운 광폭한 색소폰 소리, 5교시 시작을 알리는 자이언트 스텝스의 현란한 색소폰 소리에 재서의 마음은 더욱 분주해졌다. 운동장까지 가려면 아무리 서둘러도 2분은 걸릴 테니 처벌을 면하기는 글렀다. 재서는 자신에게 쏟아질 급우들의 매서운 비난을 생각하며 울상을 지었다. 성훈이 갑작스럽게 깊은 잠에 빠지지 않았더라면 생수 통처럼 묵직하고 성실한 재서가 수업 시간에 늦는 일은 결코 일어나지 않았을 것이었다. 하지만 급우들은 교실에 엎드려 있어 보이지 않는 성훈이 아닌 자신들의 눈앞에 서 있는, 늦게 도착한 재서를 원망할 터였다. 재서는 여전히 책상에 엎드려 있는 성훈을 흘낏 본 후 두려움과 죄책감의 결합으로 네 배는 무거워진 몸을 이끌고 교실 문을 간신히 통과했다. 억울하고 화난 감정이 쓰나미처럼 배꼽에서부터 몰려왔다. 왜 선한 자신이 모든 책임을 져야 하는 것인지 이해할 수가 없었다. 이런 세상, 이런 학교, 이런 교육 시스템은 분명 어딘가 잘못된 것이다. 민주주의 국가에 살면서 말 한마디 못 하고 당하는 건 용납할 수 없다. 적어도 항변은 해야 한다. 저는 이래 봬도…… 머릿속 열변에 몰두해 자신도 모르게 주먹으로 연단을 치는 흉내를 낸 순간 발이 꼬였다. 재서는 평균적인 유치원 아이 수준에도 크게 미달하는 미약한 운동 신경을 반영하듯 꼬인 발 하나 제대로 풀지 못하고 그대로 바닥에 넘어졌다.

기분 나쁘게 뭉툭한, 뱀 머리 같은 차갑고 잔인한 무언가가 재서의 머리를 톡톡 건드렸다. 체육 선생이 분신처럼 지니고 다니는, 끝에 살짝 금이 간 갈색 지휘봉이었다. 요놈 참 재주도 좋네.

팔굽혀펴기를 하다 말고 자는 놈은, 그것도 코까지 요란하게 골며 자는 놈은 33.33년 교사 생활을 하는 동안 처음 본다.

체육 선생의 말대로였다. 재서는 잠을 자듯 운동장에 엎드려 있었다. 혹시 묻었을지 모르는 입가의 침을 체육복 옷자락으로 슬쩍 닦은 후 다른 소년들의 자세를 참조해 바닥에 붙었던 몸을 두 팔로 어렵게 들어 올리며 주위를 살폈다. 교실을 나서기 전 예상했던 시나리오 그대로였다. 분노로 가득한 소년들의 하이에나 눈빛이 재서를 잡아먹으려 달려드는 중이었다. 자신의 바로 옆자리에서 팔굽혀펴기를 하고 있는 성훈의 눈빛이 그중에서도 가장 사나웠다. 언제 잠에서 깨어나 밖으로 나왔느냐고 반가움을 표시할 새도 없었다. 체육 선생의 하나 소리에 맞춰 가뿐하게 팔을 굽힌 연식정구 선수 출신 성훈은, 꿈속에서 재서가 헤세의 구슬처럼 아름다운 책을 읽으며 깊은 잠을 지켜 주었던 웃는 남자 성훈은 귓불이 힘없이 축 늘어진 재서의 귀에 손에 잡힐 듯 생생한 미래를 마구 부어 넣었다. 교실에서 처자느라 수업에 늦어? 체육 끝나고 옥상에서 보자. 네 평생 잊지 못할 최고로 황홀한 구타의 기억을 찍어 주마.

좋은 친구 성훈은 아직도 꿈과 현실의 경계에서 장자처럼 헤매

고 있는 재서에게 정신을 완벽하게 돌아오게 만드는 차가운 우물
물 한 바가지를 덤으로 선사했다. 더러운 꼬락서니하고는. 침이나
좀 제대로 닦아라, 이 희뿌연 변태 돼지 새끼야.

4. 위조지폐

사랑하는 사람을 만나는 마음은 하교하는 학생처럼 신이 나는 법이고, 사
랑하는 사람과 헤어지는 마음은 등교하는 학생처럼 우울한 법이다.

트란실바니아의 동물인지 과학자 베르나르 로미오, 17세기

—

　27년을 함께 살았던 아내가 쪽지 한 장 안 남긴 채 잉글랜드
망명 정부의 위조지폐처럼 깔끔하게 사라진 다음 날 명철은 평
소보다 한 시간 22분 일찍 일어나 베이컨 에그 샌드위치와 팬케
이크를 만들어 먹고 집을 나섰다. 바라보아야 할 벽이 사라진 중
대 고비에 직면한 면벽 수도승처럼 고뇌와 허탈 가득한 얼굴로

생각에 잠겨 걷고 또 걷다 보니 어느새 학교가 나타났다. 명철이 다녔던 고등학교였다. 어찌 된 일인가 싶어 두리번거리다가 구글 지도를 열어 자신이 걸었던 거리를 확인했다. 20킬로미터가 넘었다. 달마를 대선사로 성장시킨 면벽 수도의 힘은 대단했다. 평소보다 조금 더 걸었다고 느꼈을 뿐인데 실은 다섯 시간 넘게 걸은 셈이었다. 명철은 나이로비 조모 케냐타 공항에서 구입한 검은 표범이 그려진 손수건을 꺼내 땀을 닦으며 학교를 보았다. 27년 만에 다시 찾은 학교는 변하지 않았다. 누군가는 명철의 의견에 동의하지 않을 수도 있겠다. 눈에 보이는 풍경은 확연히 달라졌으므로. 신관의 절반 크기인 반달 외양의 건물 한 동이 본관과 신관 사이의 미레로(미친 레몬 나무 로드)에 새로 들어섰고 흙먼지 날리던 운동장에는 인조 잔디와 우레탄 트랙이 깔렸다. 외관은 바뀌었으나 학교가 주는 고유의 느낌은 전혀 달라지지 않았다. 이유는 단순했다. 학교의 본질은 신축 건물과 인조 잔디와 우레탄 트랙이 닿지 않는 곳에 꼭꼭 숨겨져 있기 때문이다. 예를 들면 본관 지하 3층 방공호 안 철제 금고 속, 혹은 신관 옥상 창고 벽면에 걸린 터너의 항구로 귀환하는 돛단배 풍경 뒤에. 명철은 학교를 그리워하는 낭만적이거나 학구적인 유형의 인간이 아니었다. 굳이 학교 안으로 들어가 해탈하고 감탄한 졸업생티를 내며 사방을 쑤시고 다닐 필요를 느끼지 못했으므로 명철은 묵묵히 담장을 따라 걸었다. 그런데 담장 끝이 가까워질수록 심장박동이 점점 빨라졌다. 마치 지난 27년 동안 이 순간만을 기다리며 살았던 것처럼. 과도한 흥분으로 가슴이 빵 터지기 전에 담장이 끝나는 지점, 그러니까 학교와 이웃한 우성 빌라 2.2단지가 시작되는 지점에 도달한 명철은 자신도 모르게 웃음을 지었다. 27년 전에도 있었던 개구멍이 지금도 그대로 있었다.

사실 개구멍은 올바른 명칭은 아니었다. 개구멍의 정의에 정확히 부합하려면 담장 아래에 개와 사람이 너끈하거나 힘겹게 통과할 수 있는 자연스러우면서도 인위적인 구멍이 뚫려 있어야 했지만 명철이 보고 있는 담장엔 구멍이 없었다. 대신 담장 윗부분이 다른 곳에 비해 일 미터가량 낮았고 담장 밑에는 마치 계단 용도로 쓰라고 놓은 것 같은 납작한 돌멩이가 안성맞춤으로 안팎에 하나씩 놓여 있을 뿐이었다. 탐스러운 고기처럼 던져진 아름다운 지형지물을 사흘 굶은 사자 소년들이 그냥 둘 리는 없었다. 소년들은 이 특별한 담장을 사랑했다. 일과 시간 중에는 교문이 잠겨 있었으므로 바깥에 잠깐 나갔다 오고 싶을 때면 담장을 이용했고, 교문이 열려 있는 때에도 재미 삼아, 혹은 습관적으로 담장을 이용했다. 개구멍 아닌 개구멍이 언제부터 존재했는지 정확히 아는 소년은 없었다. 수학적으로 말하자면 무한한 가능성이 존재했다. 소년들이 입학하기 바로 전해에 만들어졌을 수도 있고 수백 년 전부터 자리를 지키고 있었을 가능성도 있으며 천지가 창조되던 그 순간에도 있었을 가능성 또한 완전하게 배제하기는 어려웠다. 결국은 미궁이었다. 자신들이 애용하는 개구멍의 역사에 관심을 가지고 그 연원을 집요하게 파고드는 미시사적으로 건축학적으로 종교적으로 무용지물적으로 학구적인 소년은 명철이 다녔던 삼류 학교에는 단 한 명도 없었다.

전직 대통령보다 역사에 더 무관심했던 명철 또한 개구멍 담장을 자주 이용했다. 배가 고플 때도 담장을 넘었고, 준비물을 잊었을 때도 담장을 넘었고, 선생에게 주먹질을 날리고 싶은 유혹을 느꼈을 때도 담장을 넘었고, 별다른 이유가 없을 때도 담장을 넘었다. 그리고 27년 전, 정확히 말하면 27년 전 오늘—우주여, 달마여, 역사여, 개구멍이여, 이 놀라운 우연의 일치란!—5교시가 막 끝났을 때에도 교실을 빠져나와 구름과 바람과 소문을 머리와 등 뒤에 두고 담장을 넘었다. 명철이 개구멍을 사랑하고 찬양

했던 다른 소년들과 달랐던 것은 단 하나, 그날 그 시간 이후로 다시는 교실로 되돌아가지 않았다는 점이었다. 명철의 굳센 의지를 찬양할 필요는 없다. 담장을 넘었을 때부터 뒤도 돌아보지 않겠다고, 변절한 오아시스 팬클럽 회원처럼 단단히 결심했던 것은 아니었으니까. 명철은 여느 때와 다름없이 별다른 이유 없이 담장을 넘었다. 달리 말하면 별다른 이유가 발생하지 않았다면 다시 담장을 넘어 5교시의 교실로 되돌아갔으리라는 뜻이었다. 그렇다면 담장을 넘은 명철에게는 어떤 일이 일어났었나? 여학생을 만났다. 그 여학생이 명철의 운명을 바꿨다. 아니, 중요한 부분이므로 조금 더 정확히 말하도록 하자. 만났다기보다는 존재끼리 부딪쳤다는 물리적, 철학적, 우주 빅뱅적 표현이 사태를 훨씬 더 제대로 설명한다. 담장을 넘은 명철은 무심히 몸을 돌렸다가 고개를 숙인 채 걸어오고 있던 여학생과 정면으로 부딪쳤으므로. 여학생은 들고 있던 책을 떨어뜨렸고 명철은 책을 집어 건네며 20퍼센트의 사과를 80퍼센트의 관심에 섞어서 표출했다. 미안해. 다친 데는 없지? 그나저나 삼남에 내리는 눈이라니 취미 한번 대단히 15세기적으로 엘레강스하군.

명철이 처음 보는 여학생에게 반말을 한 건 여자라고 무시해서가 아니라 그 귀여운 얼굴이 꼭 중학생처럼 보였기 때문이었고 엘레강스 운운하며 시집에 대해 아는 체한 건 그즈음 시에 푹 빠져 있었기 때문이었다. 사과와 관심에 대해 별다른 반응도 보이지 않고 서둘러 걸어가는 여학생의 곧은 등을 향해 명철은 황동규의 즐거운 편지를 암송했다. 사소함을 주제어로 삼은 1연을 다 읊기도 전에 여학생은 고개를 돌렸고 명철 앞으로 화난 사슴처럼 빠르게 다가와서는 시를 좋아하느냐고 물었다. 명철은 삼남 시집은 지난달에 읽었으며 지금은 왕자가 아닌 한 아이에게라는, 왕자 시집이라 줄여 부르는 책에 심취해 있다고 자신의 근황을 밝혔다. 명철과 여학생은 한 블록 떨어진 공원 벤치로 이동해 대화를 나누었다. 명철은 삼십 분에 조금 못 미친 짧은 대화를 통해 몇 가지 중요한 사실을 알게 되었다. 여학생 이름은 지혜였고 중학생이 아니라 고등학교 2학년이었다. 고등학교 2학년, 시 애호가 말고도 둘의 공통점은 더 있었다. 둘 다 일지매와 메리 포핀스를 시인으로서 사랑한다는 사실이었다. 그보다 더 중요한 공통점도 있었다. 지혜 또한 자신의 학교에 있는 개구멍을 통과해―개구멍의 정의에 정확히 일치한다는 점에서 명철과는 약간 입장이 달랐다. 지혜의 머리에 개똥 섞인 흙이 붙어 있는 이유이기도 했다―

밖으로 나왔던 것이다. 삼십 분을 조금 넘긴 대화를 이어 간 그들에게는 이내 새로운 공통점이 생겼다. 명철과 지혜는 다시는 학교로 돌아가지 말자고, 시와 우정과 기본소득을 나누며 평생을 함께하자고 약속했던 것.

이제 지혜는 스웨덴 괴뢰 정부의 위조지폐처럼 흔적도 없이 떠났고 명철은 오른발로 돌멩이를 밟았다. 아무런 일도 일어나지 않았다. 명철은 담장을 주먹으로 세게 치며 이성적으로 미친 독일 광인 역을 맡은 배우처럼 차갑게 중얼거렸다. 그렇겠지, 너는 사람의 마음이란 조금도 모르는 그저 무심하고 지저분하고 반역사적인 돌멩이일 뿐이니까. 명철은 주위를 둘러보곤 왼손을 쭉 뻗어 담장 윗부분을 잡았다. 왼손에 힘을 주자 105킬로그램에 이르는 명철의 중후한 몸은 거짓말처럼 가뿐하게 날아올라 담장 위로 이동했다. 명철은 바닥에 뛰어내려 운동장을 보았다. 인조 잔디와 우레탄 트랙은 흔적도 없이 사라졌고 미레로에서 불어오는 더럽고 그리운 흙먼지가 퀴퀴한 냄새와 함께 명철의 얼굴을 마구 쓰다듬었다. 명철은 손으로 먼지와 냄새를 털고 바닥에 검은 침을 퉤 뱉고는 아무 일도 없었던 사람처럼 5교시를 기다리는 교실로 뛰어갔다. 자리에 앉은 명철을 알아본 건 석소였다. 뒷자리에 앉아 있던 석소는 주먹으로 등을 툭툭 치는 통상 관념에 적합한 방법으로 명철을 거칠게 호출한 뒤 검은 손바닥을 내밀어 흔들었다. 명철이 멀뚱한 눈으로 보고만 있자 석소는 널 믿은 게 잘못이지, 하고 러시아인처럼 말하며 재빨리 손을 거둬들였다. 명철은 미안하다고 일본인처럼 말했다. 석소는 어차피 너 같은 새끼에게 기대는 전혀 하지 않았어, 하고 인디언처럼 대답했다. 명철은 다시 한번 미안하다고 중국인처럼 사과했다. 다음에 다시 기회가 주어지면 무슨 일이 있어도 약속은 꼭 지키겠다고 선거철 정치인처럼 주먹까지 움켜쥐고 다짐했지만 석소는 재욱과 웃고 떠드느라 명철에게는 주의를 기울이지 않았다.

5교시 시작을 알리는 마일즈 데이비스의 쿨한 명곡 카인드 오브 블루가 스피커를 통해 교실에 울려 퍼졌다. 트럼펫 소리가 사라지기도 전에 교실로 들어온 성실 근면한 미술 선생은 그림 두 점을 칠판 한가운데에 붙였다. 명철은 그림 아래에 표시된 화가의 이름과 그림의 제목을 머릿속으로 빠르게 읽었다. 왼편 그림은 알브레히트 뒤러의 자화상이었고, 오른편 그림은 이반 크람스코이의 낯선 여인의 초상이었다. 처음 보는 그림들이었지만 왠지 낯이

익었다. 왼편 그림의 남자보다는 오른편 그림의 여인이 조금 더 친근하게 느껴졌다. 명철은 자기도 모르게 메리 포핀스, 하고 중얼거렸다가 폭포처럼 쏟아진 소년들의 비웃음 소리에 화들짝 놀라 입을 다물었다. 가슴이 차갑고 허전했다. 뭐라고 표현하면 좋을까? 중학생 때부터 소중하게 간직했던 덴마크 혁명 정부의 위조지폐 두 장을 한국은행 직원에게 도둑맞은 기분과 흡사했으나 똑같지는 않았다. 질감이랄까, 색깔이랄까, 두께랄까 하는 미세한 부분들이 다르다고 느꼈지만 이미 위조지폐는 사라졌고, 위조지폐의 특징을 일기장에 기록해 놓았던 것도 아니기에 정확히 어떻게 다른지 문장으로는 설명할 수 없었다. 명철은 애꿎은 손톱만 세게 깨물며 생각했다. 문장이 불가능하다면 시를 써야겠어, 비와 눈과 바람과 절망 속에서도 내 마음의 질감과 색깔과 두께를 올곧게 드러내는 사소하고 깨끗하고 정직하고 지혜롭고 명철한 새 위조지폐 같은 시를. 학교는 산문을 가르쳐도 학생은 시를 써야 하는 법이니까.

5. 목소리

학교는 학생들을, 그렇지 않은 대부분의 경우를 제외하고는 언제나 옳은
길로 인도하실 것이다.

독일의 무신론적 내세 체험 신봉자 메를린 무함마드, 19세기

—

재섭은 숨을 가쁘게 몰아쉬며 자리에 앉았다. 모두 다 구름 때
문이었다. 옥상 바닥에 누워 넋을 놓고 털층구름을 바라보다가
그만 호레이스 실버의 경쾌한 피아노에 제대로 일격을 당했던 것.
송 포 마이 파더의 공격에 맞서 우샤인 볼트와 번개맨의 영혼을
동시 호출해 뛰어온 보람은 있었다. 영어 선생이 도착하지 않았

기에 5교시 수업은 아직 시작되지 않았다. 재섭은 교과서와 노트를 꺼내기 위해 가방을 찾았다. 지퍼를 열려다가 멈칫했다. 바닥에 놓인 가방은 재섭의 것이 아니었다. 지난달에 이모가 사는 판교의 현대 백화점 지하 이벤트 매장에서 산 검은 나이키 엘리멘탈 백팩은 사라지고 분위기가 공영방송처럼 우중충한 시장표 갈색 백팩이 놓여 있었다. 중현의 짓이 분명했다. 태초부터 왕따인 중현은 소년들의 물건을 훔치거나 자리를 바꿔 놓는 사소한 장난을 통해 자신의 존재를 증명하려 애쓰고 있었다. 그러면 그럴수록 더 왕따를 당하게 된다는 생체심리학적이고 프로이트적으로 자명한 생각은 중현의 비정상적인 개차반 머리에는 존재하지 않는 듯 보였다. 교탁 위에 놓인 검은 백팩이 눈에 들어왔다. 개자식. 선생이 들어오기 전에 서둘러 가방을 가져와야 했다. 재섭은 시장표 백팩을 손에 들고 자리에서 일어났다. 교탁으로 다가가려는데 몸이 휘청거렸다. 빈혈? 지진? 아니었다. 누군가 재섭의 어깨를 세게 잡아당긴 것이다. 내 가방에 무슨 긴한 볼일이라도 있냐?

아, 미안. 중현이 새끼 가방인 줄 알고.

싹싹한 태도로 재빨리 공영방송의 쥐도 안 가질 허접스러운 부산물을 포기한 재섭은 가방 주인을 보곤 멈칫했다. 처음 보는 소년이었다. 머리와 복장은 더욱 낯설었다. 빡빡 깎은 중머리에 위아래가 모두 검정 교복 차림이었다. 재섭이 친근하게 웃으며 물었다. 전학 왔니?

동자승 소년은 도끼눈을 하고 재섭을 위아래로 훑더니 대답 대신 도발적인 질문으로 응수했다. 전학? 꼭 썩은 밤톨처럼 재수 없게 생긴 너야말로 도대체 뭐냐?

여태껏 조용히 자리를 지키고 있던 소년들이 우르르 일어나 재섭 주위로 모여들었다. 열 명 가까이 되는 소년들은 하나같이 검정 교복을 입고 있었다. 재섭은 거친 언어와 소년들의 반응에 깜짝 놀랐지만 위기일수록 침착, 이라는 급훈을 떠올리며 침착, 또 침착하게 대응하려 애썼다.

아무래도 교실을 잘못 들어왔나 봐. 여기가 2학년 3반은 아니지? 그런데 오늘 뭔 날이냐? 집단 코스프레치곤 꽤나 색다르게 올드하네.

코스 뭐? 이건 코스포스가 아니라 교복이거든. 그리고 여기가 2학년 3반인 것도 맞거든.

에이, 그럴 리가.

2학년 2반과 4반 사이에 있는 게 3반이 아니면 2.5반이나 3.5

반이겠니?

으흐흐, 꽤 웃겼어. 그런데 정말 2학년 3반이 맞아?

너같이 재수 없이 생긴 닭대가리에게 농담 따먹기라도 할 줄 알았냐?

헐.

헐은 또 뭐냐? 싸가지 없음으로 온몸을 도배한 넌 도대체 누구냐?

난, 재섭. 넌?

소년들은 자신들 이름은 밝히지 않고 서로의 얼굴을 바라보며 한마디씩 거들었다.

우리 반에 재섭이란 놈은 없는데.

얄팍하고 무식하게 생겨서는.

자세히 보면 옥떨메야.

아구창이나 한 대 날려 줘라.

소소하거나 위협적인 의견을 올드하고 성차별적으로 개진하는 소년들 뒤에서 삼나무 밑동처럼 굵은 목소리 하나가 들렸다.

몇 년도에서 왔는지 물어봐.

이건 또 무슨 뜬금없는 소리인가? 내가 미치기라도 했단 말인가? 아니면 얘들 영화 찍나? 재섭은 목소리의 주인을 확인하고 싶었지만 어느새 마르쿠스 아우렐리우스 휘하의 로마군처럼 성실하게 재섭의 주위를 단단히 감싼 소년들은 틈을 주지 않았다. 뜻밖의 험악한 분위기에 눌린 재섭은 잔뜩 움츠러든 목소리로 말했다. 뭔지는 몰라도 무서우니까 그만하자. 난 거친 농담에 취약해. 내가 2019년 말고 도대체 어디서 왔겠어?

뭐라고?

소년들이 의아한 표정을 지으며 서로 쑥덕대는 사이를 뚫고 또다시 굵은 목소리가 들렸다.

아무래도 교실 벽에 시간 구멍이 뚫렸나 보네. 이달만 벌써 두 번째야.

시간 구멍이라니 도대체 무슨 청개구리가 파리 씹어 먹는 소리야?

질문하며 뒤돌아보는 소년들 사이로 장동건을 편파적으로 닮은 커다란 얼굴이 나타났다. 구원군인 줄 알았던 짝퉁 장동건에게 예상치 못한 발길질을 당하기 전 재섭이 들은 마지막 문장은 다음과 같았다. 2019년의 어느 또라이 새끼가 1982년의 학교에 새대가리를 잘못 내밀었다는 뜻이지.

재섭은 자리에서 벌떡 일어났다. 교탁 위에는 자신의 검은 나이키 엘리멘탈 백팩이 놓여 있었다. 제기랄, 완전 개꿈이었군. 재섭은 부유한 이모의 금전적 도움을 받아 판교 현대 백화점 9층 이벤트 매장에서 구입한 소중한 백팩을 손에 쥐고 돌아오면서 중현을 흘겨보았다. 한심한 새끼. 창의력이라고는 하나도 없는 꼴사나운 장난질이나 치는 주제에 피파2019에서 골이라도 넣은 양 앙상한 손가락으로 브이 자를 그리는 꼴이 정말 밥맛이었다. 재섭은 가방에 혹시 껌이나 과자 부스러기 같은 나이키의 신성한 오라를 방해하는 이물질이라도 묻지 않았는지 꼼꼼히 살펴보고는 지퍼를 열어 교과서와 노트를 꺼냈다. 옆자리의 성훈이 손가락으로 책상을 두드리며 물었다. 어디 갔다 왔냐? 매점에도 없던데.

나? 자고 있었잖아.

아닌데. 너 자리에 없었는데. 방금 교실로 헉헉거리며 뛰어 들어왔는데.

성훈과의 문답을 통해 조금 전의 꿈, 아니 꿈이라고 생각했던 일이 썰물처럼 되살아났다. 재섭은 삼나무 목소리가 온 힘과 정성을 다해 걷어찬 이마를 만졌다. 파인 듯 손가락이 쑥 들어갔고 미약한 통증이 느껴졌다. 재섭은 이마의 구멍을 체험한 손가락을 바라보며 충격을 받았으나 무심함을 가장한 목소리로 대답했다. 1982년에 잠깐 다녀왔어.

정말? 헐, 난 지난주에 1991년에 갔다 왔는데.

뭐라고?

몰랐는데 그때 우리 학교에 야구부가 있었더라고. 야구 유니폼을 입은 놈 하나가 교실에서 자빠져 자고 있더라니깐. 꼭 네 뒤통수처럼 못생겼기에 이건 또 무슨 기발한 코스프레, 하고 머리를 툭 쳤다가 야구 방망이에 맞아 사망할 뻔했다. 교실에까지 야구 방망이를 들고 오는 건 헌법 정신에 어긋나는 행위 아니냐?

헌법에 대해서는 잘 모르겠고 아무튼 미안하다.

네가 미안할 일은 아니지. 진짜 네 뒤통수였다면 또 몰라도.

아마 난 아니었을 거야. 그런데 어쩌다 그 교실에 들어갔어?

모르겠어. 화장실에 가서 손 씻고 왔을 뿐인데 교실이 확 바뀌었더라고. 비누칠을 빼먹어서 그랬나? 시간에 구멍이라도 났나? 살다 살다 별일이 다 있지? 하여간 이놈의 학교란.

1991년인 줄은 어떻게 알았어?

아무래도 분위기가 너처럼 몹시 올드하고 수상쩍어서 벽에 걸린 달력을 봤지. 나 보란 듯이 커다랗게 인쇄되어 있더군. 1991.

그래서 어떻게 됐어?

야구부 놈이 알루미늄 방망이를 들고 달려들더군. 그다음은 기억에 없어. 바람을 가르는 헛스윙 한 방에 기절했다가 다시 눈을 떴을 땐 이 몸이 별처럼 반짝이며 살고 계신 2019년이었거든.

별일이 다 있네.

그러게 말이야. 그러니 너도 조심해.

뭘?

화장실에서는 꼭 손을 씻고 비누칠을 할 것.

혹시?

혹시, 뭐?

친구, 지금…… 농담하는 거 아니지?

그럼…… 진담이겠냐? 이 미친 새끼야, 뭐 1982년? 내가 아폴로 11호 타고 달나라에 다녀온 이야기도 해 줄까?

때맞춰 교실 문이 천천히 열리고 문의 존재를 부끄럽게 만드는 거대한 체구의 영어 선생이 들어오는 바람에 성훈의 머리도 제대로 쥐어박지 못했다. 영어 선생은 다른 때와 마찬가지로 교실을 획 한번 둘러보고서 우리가 오늘 배울 건, 이라는 오 개월째 변함이 없는 지루한 도입 문장으로 수업을 시작했다. 전나무를 닮은 선생의 목소리를 들으며 조금 전 겪었던 기이한 일을 떠올리며 목소리가 무척 낯익다는 사실을 깨달았다. 영어 선생의 목소리는 믿을 수 없게도 1982년의 목소리, 재섭의 이마에 날카로운 발길질을 선물한 그 소년의 삼나무 목소리와 무척 닮았다. 전나무와 삼나무는 일가친척인가? 삼나무가 자라면 전나무가 되는가? 그래서 삼전벽해? 선생의 나이가 오십 대 중반이라는 사실, 선생 또한 이 학교 졸업생이라는 데 생각이 미친 재섭은 자리를 박차고 일어나 선생을 보았다. 틀림없었다. 거대한 체구 때문에 여태껏 몰랐는데 자세히 보니 선생은 사방이 완전히 허물어진 짝퉁 장동건이었다. 아, 옛날이여. 재섭과 선생의 눈이 교실 중앙에서 마주쳤다. 선생이 윙크를 보내기에 재섭은 씩 웃으며 말했다. 지금은 전나무지만 전에는 삼나무였군요. 삼전벽해. 선생이 고개를 끄덕이며 대답했다. 그렇지, 전나무가 아니라 삼나무인 게지. 그리고 삼전벽해가 아니라 상전벽해. 영어로는 sea change.

미끼로 슬쩍 던져 본 재섭의 말을 정확히 이해하고 받아치다니 이럴 수가. 선생 또한 재섭을 기억하고 재섭과 나눴던 대화를 기억하는 게 틀림없었다. 그러니까 1982년에 다녀온 건 꿈이나 환상이 아니었던 것이다. 시간 구멍은 분명히 존재하고 있는 것이다.

아인슈타인과 마이클 제이 폭스는 옳았다! 그리운 삼나무 선생님, 하고 슈크림처럼 부드럽게 부르려는데 곧바로 분필이 날아와 재섭의 이마에 박혔다. 소년들의 웃음이 박힌 분필 가루와 함께 꿈은 깨어졌고 환상은 사라졌고 말문은 막혔다. 선생은 썩은 통나무처럼 껄껄껄 웃고는 오 개월 전에 들었던 것과 똑같은 내용의 수업을 전나무가 아닌 삼나무 목소리로 바꿔서 이어 갔다. 참으로 고약한 인간이었다. 뒷자리의 명철이 재섭의 귀에 대고 비밀을 흘려 넣지 않았더라면 재섭은 부끄러움을 견디지 못하고 엉엉 울어 버렸을 것이다. 저 새끼가 시간 구멍이 어쩌고저쩌고 떠들어 댔지? 파상풍에 걸린 가짜 말론 브란도 새끼가 예나 지금이나 더럽게 아는 체한다니까. 시간 구멍에서 허우적대는 아이들에게 잘해 주지는 못할망정. 어때, 너랑 나랑 돈 모아서 말 모가지나 선물로 보낼까?

6. 동아리

학교는 99퍼센트의 건전한 학생과 1퍼센트의 불건전한 학생으로 이루어
진다. 1퍼센트가 99퍼센트보다 99배 위험한 것은 건전한 상식을 가진 불
건전한 불자라면 누구나 아는 사실이다.

독일의 미얀마풍 금박불당 건축업자 프리드리히 에디슨, 19세기

—

동동감협(동부지역 동아리 감시 협의회) 제29대 의장 대행 석소
는 임시 행사 장소인 구관 5층 강당에 들어서자마자 얼굴을 찌푸
렸다. 새로 승인을 받기 위해 모인 동아리가 얼추 보기에도 서른
개 이상이었다. 그냥 하던 거 계속하면 어디가 덧나나. 천년 묵은

동아리는 황금 한 덩이와도 바꾸지 않는다는 인도네시아 속담도 모르나. 석소는 동속연(동남아시아 속담 연구회)에서 얻어들은 지혜로운 문장을 떠올리며 속으로 깊은 한숨을 내쉬었다. 동아리당 십 분을 할애하면 삼백 분(안 될 일이다!), 오 분을 할애하면 백오십 분(역시 불가!)…… 시간을 아끼기 위해 점심까지 굶었으니 봉사활동 네 시간을 인정받더라도 꽤나 고된 일이었다. 석소는 꼬르륵 소리로 표출된 위장의 우울한 사정을 헤아리며 오죽헌 대나무처럼 검고 꼿꼿한 결심을 했다. 설명은 귓등으로 듣고 질문은 일절 하지 않으며 이 분이 경과하면 냉정하게 다음 부스로 이동하기로. 승인이야 어차피 형식적인 절차에 불과했다. 수업 거부나 국가 전복이나 교내 연애나 방화나 전쟁을 권장하는 정신 나간 동아리가 아닌 다음에야 거절할 이유가 없었다. 첫 번째 동아리 부스에 멈춰 선 석소는 성대 수술을 방금 마친 우아한 로보캅 목소리로 설명은 일 분 안에 끝내세요, 라고 통보하면서 팔짱을 꼈다.

우리 일꺼말동은 이름 그대로 일본어를 거꾸로 말하는 동아리입니다. 예를 들자면 무라카미 하루키는 키루하미 카라무가 되는 겁니다. 키루하 미카라무라고들 하는데 초보자가 흔히 저지르는 실수입니다. 우리의 학습 공정은 반도체 공장처럼 정밀합니다. 처음엔 이름이나 지명으로 시작해 문장과 단락 학습으로 넘어가는데, 총 275개의 정규 과정과 12개의 추가 과정으로 구성되어 있습니다. 생각보다 쉽지는 않아요. 자체 테스트 결과 반쪽 분량에 이르는 여섯 문장을 거꾸로 말한 게 최고 기록이었습니다. 마지막으로 하나 더, 거꾸로 말하면 우뇌가 비약적으로 발달한다는 벨라루스 과학자들의 연구 결과도 이미 나와 있다는 사실을 강조하고 싶습니다.

작년에 승인받은 한꺼말동의 조잡한 모사판이었다. 집현전 대신 벨라루스를 동원한 것만이 달랐다. 일본어를 거꾸로 말한다고 동부 지역 고교생들의 정신이 황폐해진다거나 도독(독도)이 갑자기 사라져서 한일 관계에 쓰나미 같은 영향을 미칠 까닭은 전혀 없었으므로 석소는 회장이 내미는 서류에 사인을 하고는 다음 부스로 이동했다.

책모잠잘입니다. 이름이 좀 까다롭지요? 학교생활이 다 그렇듯 알고 보면 무척 간단합니다. 책상 모서리를 이용해 잠을 잘 자는 방법을 연구하는 실용적이며 창의적인 동아리입니다. 책상 한가운데에 엎드려 잠을 자는 게 학교 제도가 생긴 이래 수천 년간 내려온 전통적 방법이긴 하지만 꼰대들의 사례에서 알 수 있듯 오래된 게 꼭 좋은 건 아니랍니다. 입에서 침이 줄줄 흐르거나 손에 눌린 자국이 남거나 머리 모양이 망가지는 부작용을 한번 생각해 보세요. 모서리를 이용하면 그런 문제들이 대부분 해결됩니다. 각도나 위치상……

책상 한가운데가 모서리보다 숙면을 취하기 좋다는 건 세 살 유튜버도 알 만한 사실이다. 잠자는 학생을 굳이 깨우는 성미 고약한 선생도 요즈음에는 보기 힘들다. 그럼에도 굳이 앙드레 지드처럼 좁은 문을 지나 모난 길을 가겠다는 걸 막을 이유는 없었다. 누가 뭐래도 우리는 무지막지하게 자유롭고 전무후무하게 반짝이는 훌륭하고 아름다운 국가에 살고 있으니까. 석소는 회장의 손에서 서류를 뺏다시피 사인을 하고는 다음 부스로 이동했다.

사못쓰방입니다. 사 자도 제대로 못 쓰는 쓰레기들을 방지한다는 원대한 목표를 갖고 있습니다. 의장 대행님도 잘 알다시피 숫자 4는 죽음을 연상시킨다는 이유로 사용에 제한을 받아 왔습니다. 4층 대신 F층이라고 표기하는 것이 대표적인 예이지요. 이렇다 보니 유독 사 자를 제대로 못 쓰는 쓰레기들이 참 많습니다. 우리는…….

십삼못쓰방에 이어 사못쓰방이라니 다른 건 몰라도 동서 화합엔 도움이 될 것 같았다. 석소는 베를린 장벽이 무너지기 전에 만들어졌다면 더 좋았겠네, 하는 비역사적으로 실없는 생각을 사인과 함께 빠르게 지우곤 다음 부스로 이동했다.

코코연이에요. 무슨 뜻일까요?

글쎄요, 코코 샤넬을 연구하는 동아리인가요?

다른 동아리 회장이 설명 대신 질문을 던졌다면 석소는 대꾸조차 하지 않았을 것이다. 코코연 회장은 예외였다. 석소는 코코연회매연 동아리를 만드는 것도 나쁘지 않겠다고 생각했다. 코코연 회장의 매력을 연구하는 동아리.

코코연은 코끼리 코를 연구하는 동아리예요. 코끼리 코를 오래 바라보면 마음이 안정된다는 벨라루스 과학자들의 보고서는 들어 봤겠죠? 훌륭한 보고서이지만 유럽 지역의 코끼리 코만 관찰

해 얻은 결과라는 근본적인 한계가 있어요. 한국에 사는 코끼리 코에 대한 연구는 아직까지 단 하나도 나오지 않았답니다. 말하자면 우리는 이 분야의 개척자인 거죠.

인도코끼리인가요, 아프리카코끼리인가요?

상관없어요, 한국에 살기만 하면 된답니다.

전국의 동물원을 방문하나요?

그래야겠죠.

주말에 따로 시간을 내야겠네요?

그래야겠죠. 동아리치고는 시간과 노력을 꽤 많이 들여야 하는 일이지만 코끼리 코가 보상은 충분히 해줄 거예요.

석소는 더 묻고 싶은 질문이 많았지만, 지위가 지위인 만큼 동아리 회장들의 따가운 시선을 의식하지 않기란 어려웠다. 이래서 공인의 삶은 어려운 것이다. 석소는 달팽이가 기어가는 속도에 맞춰 사인을 했다. 코코연 회장에게 따뜻한 눈인사를 보낸 후에도 뒤를 한 번 더 돌아보는 우악스러운 미련을 선보였다가 다음 부스로 이동했다.

키줄입니다.

무슨 뜻이죠?

키를 줄이는 동아리입니다.

동아리 회장의 설명은 짧았다. 키를 줄이기보다는 말을 줄이는 게 목표인 것처럼. 회장의 키는 석소와 비슷했다. 석소가 175센티미터니 키높이 구두를 신지 않은 이상 회장의 키 또한 그 정도일 터였다. 21세기 한국에서 결코 크다고 말하기는 어려운 키이기에, 그렇다고 성장에 대한 기대를 완전히 포기하기에는 아직 이른 나이기에 심리학적, 체육학적, 약물학적 방법을 모두 동원해 180에 도달하고야 말겠다고 결심하는 것이 이 나라에 사는 평균적 소년의 인지상정일 것이었다. 그럼에도 키줄 회장은 시대적 대세를 과감히 포기하고 키를 줄이자는 혁명적으로 참신한 목표를 내세웠다. 뭐 이런 멋진 놈이 다 있나? 석소는 감탄을 숨기고 건조한 목소리로 물었다.

과학적 근거가 있습니까?

과학보다는 신념입니다.

예를 들면?

꼭 해내겠다는 믿음 말입니다.

키를 줄여야 할 특별한 이유가 있습니까?

그런 건 없습니다.

그렇군요.

굳이 이유를 들자면…….

이유를 들자면?

낮은 곳을 제대로 보기 위해서입니다.

그렇군요.

그렇습니다.

심오하군요.

그냥 쓰레기일 뿐입니다.

이 놀라운 무심함과 겸손함과 자멸적 분위기라니, 석소는 당장 키줄에 가입원서를 내고 싶었다. 이유를 정확히 말하기는 어려웠으나 키줄은 석소 안에 있던 무언가, 그동안 말로 표현하지 못하고 감정으로 드러내지 못했던 어떤 미묘한 욕구를 제대로 자극하고 있었다. 마음 같아서는 아예 탁자 앞에 자리를 잡고 앉아 키줄에 대한 이야기를 더 나누고 싶었다. 석소는 유서 깊은 동동감협의 제29대 의장 대행이라는 자신의 신분(공인이란!), 설명을 들어야 할 동아리가 아직도 많이 남아 있다는 현실적 상황을 고려했다. 서류에 사인을 한 석소는 고개를 살짝 숙여 경의를 표한 후 다음 부스로 이동했다.

　키줄에서 받은 심오한 인상 탓일까, 나머지 동아리들 중에 석소의 마음을 확 잡아끄는 동아리는 없었다. 영삼무(영어로 삼 분 동안 무언극 하기) 같은 정체불명의 동아리, 독무대꿈(독일의 무술을 연구해 대학 진학을 꿈꾸기) 같은 얄팍한 야심으로 가득 찬 동아리, 동동감협대(동동감협의 업무를 대행하기) 같은 무의미하게 재기발랄한 동아리가 그저 약간의 눈길을 끌었을 뿐이었다.

　5교시 수업 서간을 알리는 플라시도 도밍고의 네순 도르마를 들으며 교실로 돌아온 석소는 평일에는 땅콩버터 잼보다 더 굳은 신념으로 키를 줄이고, 주말에는 코코연 회장과 함께 코를, 아니 손에 손을 잡고 연애하듯 산보하듯 전국을 돌아다니며 코끼리 코를 관찰하는 비정상적으로 아름다운 삶을 상상했다. 오래전, 어디선가 읽었던 두 개의 문장, 코끼리는 스스로 무덤으로 향한다는 문장과 죽음의 경험이 키를 한 뼘 정도 깎아 먹기 때문에 죽은 자들은 살아 있을 때보다 키가 작아지기 마련이라는 문장이 갑작스럽게 떠올랐다. 그 순간 천장에서 녹슨 물 한 방울이 머리 위로 똑 떨어졌다. 마치 코끼리의 눈물, 혹은 죽은 자의 콧물인 것처럼. 인생의 이치에 통달한 것은 물론이고 코끼리를 유독 사랑했으며 죽음에 달관했다던 산책 전문 시인 바쇼였다면 이 순간 어떤 하이쿠를 지었을까? 하이쿠의 미학과는 거리가 먼 석소는 소맷부리로 눈을 거칠게 문지른 뒤 인중 아랫부분을 이단으로 비틀어 만든 석소표 썩은 미소를 짓는 것으로 허전하고 쓸쓸한 마음을 달래며 지루하고 또 지루한 5교시 수학 수업이 어서 시작되기만을 기다리고 또 기다렸다.

7. 발굴 작업

학생은 걸어 다니는 그림자, 형편없는 엑스트라 연기자에 지나지 않는다. 학교에서 보내는 시간 내내 주연배우처럼 거들먹거리고 조바심치다가, 어느 순간 사라져 더는 보이지 않게 된다.

신라에 귀화한 네덜란드 홍어포 제조업자 처용 맥베스, 7세기

—

두 소년이 다이소에서 2천 원을 주고 구입한 방글라데시산 줄자로 측량한 바에 따르면 신관과 구관 사이의 거리는 30.25미터였다. 0.25미터는 측량 오차로 간주해 과감히 버리기로 의견을 모은 둘은 한 명은 신관 쪽으로, 다른 한 명은 구관 쪽으로 이동했

다. 일요일 오전 10시 5분, 신관과 구관의 측면 출구에서 출발한 성훈과 재욱은 19초 뒤 두 건물의 중간 장소에 위치한 전나무 아래, 이미 오차를 차갑게 땅에 묻어 버린 신관과 구관 측면 출구에서 15미터 떨어진 지점에서 다시 `만났다. 신관에서 출발한 성훈이 자신의 검은색 리복 로얄 브릿지(DV8340) 운동화로 주위 흙바닥을 조심스럽게 살살 문지르자 성인 남자 주먹만 한 크기의 검은 문양이 발뒤꿈치 근처에서 모습을 드러냈다. 구관에서 출발한 재욱이 안티오크를 방문한 사도 바울처럼 경건하게 무릎을 꿇고 손으로 문양을 더듬으며 감탄했다. 정말 있네, 검은 십자가가 정말 여기에 있어.

 지난 금요일 오후 성훈과 재욱은 복도에서 언쟁을 벌이다가 순시 중이던 교장에게 적발되었다. 교장은 손가락으로 두 소년의 이마를 툭툭 치며 도서관 서가의 십 년 묵은 먼지나 나눠 닦으며 둘의 과오를 깊이 반성하라는 엄중한 명령을 내렸다. 언쟁이 유발한 화가 채 풀리지 않았던 성훈은 도서관 정리정돈은 도서부원의 일이 아니냐고 학칙을 들먹이며 매섭게 따지고 들었다. 교장은 멀뚱히 서 있던 재욱의 귓불을 세게 잡아당기고는 교직원 화장실로 사라졌다. 언쟁 2회전은 도서관에서 열렸다. 전혀 이치에 닿지 않는 허접스러운 논리 공방으로 안 그래도 고리타분한 총류 서가를 한숨과 하품의 천국으로 바꿔 나가던 둘은 유레카에 비견될 놀라운 발견을 했다. 3M 스카치브라이트 극세사 걸레로 먼지를 대충대충 닦는 도중에도 잠시도 쉬지 않고 말다툼에 매진하던 재욱이 팔꿈치로 얇은 책 한 권을 건드려 바닥에 떨어뜨렸다. 제주도 및 부속 도서 고등학교 일람이라는 제목에서부터 지루함을 물씬 풍기는 책은 속이 거북했던지 오래 품고 있던 사진 한 장을 허겁지겁 토해 냈다. 교복을 입은 두 소년이 전나무 아래에서 촌스러운 브이 자 포즈를 하고 찍은 사진이었다. 뒷면에 적힌 낯간지러운 문구 '영원한 우정을 증명하는 타임캡슐을 묻으며, 1989'를 발견한 건 독해력이 뛰어난 성훈이었다. 사진 하단, 두 소년의 발치에 희미하게 보이는 검은 문양을 발견한 건 눈썰미가 좋은 재욱이었다. 극세사 걸레를 내팽개친 둘은 사진을 이리저리 뜯어보며 연구한 끝에 길의 풍경과 햇살과 풍향과 그림자의 방향 및 크기 등을 두루 고려해 볼 때 타임캡슐이 묻힌 곳은 신관과 구관 사이의 전나무 길, 소년들이 흔히 미전로(미친 전나무 로드)라는 경멸 가득한 애칭으로 부르는 길의 정중앙 지점일 수밖에 없겠다는 홈즈도 울고 갈 매섭고 날카로운 결론을 내렸다.

성훈은 예수 그리스도의 찢어진 옷자락이라도 발견한 것처럼 도에 넘치게 호들갑을 떨며 감격해하는 재욱에게 동해 심층수처럼 차가운 딴지를 놓았다. 십자가보다는 덧셈 부호에 더 가깝지. 가로와 세로의 길이가 똑같으니까.

무식하긴. 십자가는 한 종류가 아냐. 그리스 십자가는 가로와 세로의 길이가 똑같다고. 그러니 십자가라고 부르는 게 잘못된 건 아니지.

무식한 건 너야. 우리가 일반적으로 십자가라고 부르는 건 세로가 가로보다 지루하게 긴 라틴 십자가야. 군이 십자가라는 특정 종교적 색채가 농후한 명칭을 쓰고 싶다면 그리스 십자가 문양이라고 특정해 부르는 게 더 맞겠지.

재욱이 한마디를 더 보탰다면 무의미 배 언쟁 3회전이 벌어졌을 것이다. 매주 일요일 엄마 손을 꼭 잡고 함께 교회에 다녀오기는 해도 스스로를 독실한 크리스천이라고 부르는 일만큼은 몹시 꺼리던 재욱은 이마를 찡그리며 잠시 고민한 끝에 그냥 덧셈 부호로 하자고 말함으로써 불필요한 언쟁의 발발을 막았다. 착한 재욱은 맨손으로 문양 주위의 흙을 긁어냈다. 깐깐한 성훈이 손을 보태자 부드러운 흙은 홍해보다는 진도 앞바다처럼 맥없이 양쪽으로 갈라섰고 그 사이로 타임캡슐이 모습을 드러냈다. 영화의 한 장면이었다면 환희의 송가라도 쩡쩡하게 울려 퍼졌겠으나 두 소년이 무섭도록 고요한 현실에서 발견한 건 표면에 Illy Caffe(일리 카페)라는 글씨가 크게 적힌 낡은 깡통이었다. 검은 + 문양은 플라스틱 뚜껑에 다이소에서 누구라도 구입해 쓸 수 있는 검은 매직으로 칠해져 있었다. 기대했던 것보다는 조잡하고 성의 없는 타임캡슐이었다. 실망의 강도를 제어할 필요를 느낀 성훈이 논평했다. 커피를 좋아하는 소년들이었군.

재욱은 똑똑한 평론가들을 멸시하는 것을 유일한 낙으로 여기는 대다수 창작자처럼 속으로는 비웃으면서도 후환이 두려워 이렇다 저렇다 하는 대꾸를 아예 생략한 채 조심스럽게 뚜껑을 열었다. 겁이 많기로 유명한 성훈은 코를 막고 한 걸음 물러섰다. 과감히 뚜껑을 연 재욱의 심기가 휠체어를 타고 언덕길을 오르는 것처럼 불편해졌다. 어린 시절 이집트 미라 발굴 스토리에 심취해 C. W. 세람의 낭만적인 고고학 산책이라는 불후의 명저 제23부 2장 6절을 읽고 또 읽었던 재욱은 준비 없는 발굴이 가져오는 위험성을 성훈보다 오백 배 더 정확히 인지하고 있었기 때문이다. 기분 같아서는 야 이 의리라고는 일 밀리미터도 없는 새끼야, 그러니까 내가 널 환장하게 미워하지, 하고 마음속 생각을 그대로 전달하는 아름다운 직설의 문장을 내뱉고 싶었다. 새벽별을 보며 교회에 다녀왔다는 사실, 일요일 오전의 맑고 고요한 대기가 관용과 용기를 북돋아 주었다. 재욱은 숨을 참은 채 속으로 하나, 둘, 셋을 센 후 타임캡슐 안을 들여다보았고 곧바로 피식 웃으며 내부에 손을 넣어 내용물을 꺼냈다. 목숨을 걸고 투탕카멘을 발굴한 하워드 카터도 놀라 자빠질 만한 대단한 발굴이네. 제기랄, 플라스틱 이름표 두 개가 전부야.

재욱이 쥐고 흔드는 이름표를 성훈이 낚아챘다. 이럴 수가.

왜? 황금박쥐가 싸지른 똥이라도 묻었냐?

성훈이 자신의 손바닥 위에 조심스럽게 올려놓은 이름표를 본 재욱 역시 입을 벌리고 어깨를 들썩였다. 이런 헐.

이름표에 적힌 성명은 김성훈과 서재욱이었다. 재욱이 주위를 둘러보며 말했다. 이거 혹시 몰칸가?

성훈 또한 주위를 살폈으나 일요일 오전의 학교에는 오직 그들뿐이었고 누군가 그들을 찍고 있다고 여기기엔 사방이 투명하도록 고요했다. 재욱이 이름표를 앞뒤로 살펴보며 말했다. 장난이라기보다는 우연의 일치 쪽에 한 표. 재욱이나 성훈은 꽤 흔한 이름이니까. 우리 오늘 로또나 한번 사 볼까? 왠지 뭔가 제대로 터질 것 같은 이상하고 신기한 기분.

성훈 또한 고개를 천천히 끄덕거렸다. 아무래도 몰카는 아닌 것 같았다. 미친 전나무 아래에서 두 소년이 낡은 깡통을 꺼내는 장면을 보고 폭소를 터뜨릴 정도의 심오한 유머 감각을 지닌 사람은 반경 200킬로미터 이내에는 없을 것이다. 조금 여유를 찾은 성훈이 피식 웃으며 말했다. 그래도 뭔가 좀 섬뜩하기는 하네.

그러게, 기분이 썩 유쾌, 상쾌, 통쾌하지는 않네.

두 소년은 서로를 보며 고개를 끄덕임으로써 암묵적 합의에 도달했다. 재욱이 뚜껑을 덮는 간단한 동작으로 타임캡슐을 원래의 모습대로 복구한 후 미전로의 정중앙 지점에 다시 깡통을 묻으려는 순간 성훈이 잠깐만, 하고 외치며 손가락으로 바닥을 가리켰다. 성훈이 가리킨 지점, 그러니까 타임캡슐이 묻혀 있던 곳에는 또 다른 + 문양이 있었다. 성훈이 손가락으로 흙을 파내자 새로운 타임캡슐이 모습을 드러냈다. Premium Cocoa Powder(프리미엄 코코아 파우더)라는 글자가 적힌, 처음 발굴한 깡통보다 두 배는 더 낡아 보이는 타임캡슐 안에서는 사진 한 장과 이름표 두 개가 나왔다. 교복을 입은 두 소년이 전나무 아래에서 촌스러운 브이 자 포즈를 하고 찍은 사진이었다. 뒷면에는 '영원한 우정을 증명하는 타임캡슐을 묻으며, 1959'라는 문구가 적혔다. 성훈이 이름표를 집어 들었다. 박성훈과 최재욱이었다.

둘은 말없이 서로의 얼굴을 바라보았다. 주위는 여전히 맑고 고요했으나 소년들의 마음은 예상하지 못했던 허리케인에 당황한 야구장 깃발처럼 마구 흔들렸다. 재욱은 제기랄, 제대로 한 방 먹었네, 하고 가벼운 욕지기를 섞은 문장으로 혼란스러운 심경을 내보인 후 두 개의 타임캡슐을 파낸 곳을 보았다. 또 다른 + 문양이 고개를 쳐들고 발굴을 기다리는 중이었다. 재욱과 성훈은 이번에도 별 어려움 없이 세 번째 타임캡슐을 꺼냈고 꺼내는 도중에 바닥을 확인했다. 또 다른 + 문양이 나도 있다네, 하고 말하듯 입 벌리고 웃음을 짓고 있는 모습이 보였다. 특정한 문구 대신 표면이 검게 칠해져 있을 뿐인, 두 번째 깡통보다 네 배는 더 낡아 보이는 세 번째 타임캡슐 안에서는 역시 사진 한 장과 이름표 두 개가 나왔다. 교복을 입은 두 소년이 전나무 아래에서 촌스러운 브이 자 포즈를 하고 찍은 사진이었다. 뒷면에는 '영원한 우정을 증명하는 타임캡슐을 묻으며, 1929'라는 문구가 적혔다. 이름표에 적힌 이름은 최성훈과 서재욱이었다.

재욱이 무섭도록 흥미진진한데 계속할까, 하고 물었다. 성훈은 흥미진진은 이미 충분히 경험했어, 하고 대답했다. 흥미진진에 이골이 난 두 소년은 작업 종료에 합의했고, 발굴한 타임캡슐을 순서대로 묻었다. 도구도 없이 그저 손만 사용했을 뿐인데도 복원은 완벽했다. 미친 전나무 아래는 역사에 길이 남을 뭔가를 찾아서 쭉쭉 빨고야 말겠다는 거머리처럼 굳은 결심을 갖고 확대경과 지층탐사기와 음파탐지기를 비롯한 온갖 정밀한 과학 기기를 총동원해 자세히 살펴보지 않고는 구별하기 어려울 정도로 발굴 전의 모습과 하나도 다르지 않았다.

다음 주 일요일 오전 열 시, 두 소년이 다시 미전로에 모습을 드러냈다. 고개를 전후좌우로 요란스럽게 돌려 학교에 자신들 말고 아무도 없다는 사실을 호들갑스럽게 확인한 두 소년은 몇 가지 작업으로— 작업이라고 하기에는 어딘지 부족하고 엉성한, 그러나 작업이라는 말 외에는 달리 표현한 길도 없는, 그러므로 다시 작업인— 시간을 보냈다. 그들의 작업은 보기에는 간단한 것 같아도

실은 코끼리 제조 공정에 버금가는 10개의 정밀한 세부 공정으로
이루어졌다.

  1) 1989년의 타임캡슐을 꺼냈다.

  2) 도서관에서 가져온 사진을 넣은 후 다시 바닥에 묻었다.

  3) 표면에 Lavazza Espresso(라바짜 에스프레소)라고 적힌 반짝
반짝 빛이 나는 새 깡통에 자신들의 이름표를 넣었다.

  4) 플라스틱 캔 뚜껑에 다이소에서 1,000원을 주고 구입한 일
본제 검은 매직으로 + 문양을 그렸다.

  5) 2019년의 타임캡슐을 1989년의 타임캡슐 위에 올려놓고 세
게 힘을 주었다.

  6) 1989년의 타임캡슐은 땅 아래에 빈 공간이 예비되어 있기라
도 한 것처럼 아래로 쑥 내려갔다.

  7) 2019년의 타임캡슐을 바닥에 묻고 흔적을 지웠다.

  8) 미친 전나무 아래에서 촌스러운 V자 포즈를 취하고 사진을
찍었다.

  9) 캐논 포토 프린터로 즉석에서 사진을 출력해 상태를 확인
했다.

10) 사진 뒷면에 '영원한 우정을 증명하는 타임캡슐을 묻으며, 2019'라고 적었다.

월요일 오후 성훈과 재욱은 복도에서 언쟁을 벌이다가 산책 중이던 교장에게 적발되었다. 교장은 손바닥으로 두 소년의 뺨을 툭툭 치며 도서관 서가의 삼십 년 묵은 먼지나 닦으며 둘의 과오를 깊이, 또 깊이 반성하라는 엄중한 명령을 내렸다. 언쟁이 유발한 화가 채 풀리지 않았던 성훈은 학칙을 들먹이며 도서관 정리정돈은 도서부원의 일이 아니냐고 매섭게 따지고 들었다. 교장은 멀뚱히 서 있던 재욱의 코를 세게 잡아당기고는 복도 저편으로 사라졌다. 도서관의 지리와 구조에 익숙한 두 소년은 성의라고는 1퍼센트도 섞여 있지 않은 팔과 다리로 빠르게 청소를 마친 후 총류 서가로 달려갔다. 성훈이 영연방(정치적, 사상적, 경제적 이유로 남아공은 제외) 풍력 발전 연감이라는 향후 11년 내에는 도저히 대출될 것 같지 않은, 영연방의 붕괴나 브렉시트보다 더 심각한 제목의 책을 꺼내 들고 빙긋 웃었다. 재욱 또한 동의하듯 손가락으로 코끝을 한 번 문지르고는 교복 주머니에서 사진을 꺼내 연감 안에 넣었다. 성훈은 영연방(정치적, 사상적, 경제적 이유로 남아공은 제외) 풍력 발전 연감을 원래 있던 총류들의 무덤이 아닌 건너편 철학 서가의 아래에서 두 번째 칸에 꽂았다.

도서관을 나오며 재욱이 심드렁하게 물었다. 도대체 몇 개나 있을까?

글쎄, 1899년 타임캡슐은 확실히 있고, 1869년, 1839년…….

숫자가 주는 어마어마한 위압감에 대답을 중단한 성훈이 주제를 바꾸었다. 그나저나 2049년이라니. 그때 우린 뭘 하고 있을지 한 번이라도 생각해 봤어?

2019년의 학교를 생각하고 있겠지. 아니면 2049년 우리를 발굴할 또 다른 성훈과 재욱에 대해 생각하거나.

아니면 우리 둘의 영원한 우정을 우리 스스로 발굴할 계획을 짜고 있던가.

그거 타임캡슐매장법 2장 6조 위반 아니냐?

위반은 무슨. 법이란 위반하라고 있는 것.

하긴, 영원한 우정이니 뭐니가 개뿔인 거지.

그래, 개뿔.

그래도 발굴에는 찬성.

교실이 보이자 성훈이 심드렁하게 물었다. 그런데 우리가 무슨 이유로 말싸움을 벌였는지 기억나?

글쎄, 전혀 기억이 나지 않네.

나도 그래.

마치 30년 전의 일이었던 것처럼.

그래, 마치 60년 전의 일이었던 것처럼.

우리도 이제 늙었나 봐.

그래, 몸과 마음이 어제와는 또 다르네.

마치 교장처럼.

혹은 담임처럼.

혹은 학교처럼.

혹은 전나무처럼.

혹은 이미 지나간 시간처럼.

8. 미래의 숫자

사람들이 어떻게 책도 없이, 학교도 없이 밥 먹고 잠자고 똥을 싸며 즐겁게 살아갈 수 있는지 나는 도무지 모르겠다.

프랑스의 아나키스트 전문 연극배우 마이너스 리옹 플러스, 19세기

—

석소와 중현은 다른 날과 마찬가지로 구관 옥상의 철제 난간에 걸터앉아 운동장을 보며 남은 점심시간을 보냈다. 혈기왕성한 소년들이 만들어 낸 소음과 냄새와 먼지와 세 가지를 모두 섞어 만든 특제 욕설로 운동장은 요란스럽게 들썩였다. 석소가 말했다. 오늘따라 유난히 북적이네. 재학생 444명이 한 명도 빠짐없이

모두 다 운동장에 나와 있는 것 같아.

그리스 올빼미의 후예답게 숫자에 정통한 친구여, 448명이라고 해야 하지 않나? 한 학년이 150명이니까 전교생은 450명, 그런데 너와 나는 아이들의 질주를 바라보는 토론토의 늙은 까마귀가 되어 옥상 난간에 위태롭게 걸터앉아 있으니 448명.

대충대충과 비관을 학생의 미덕으로 여기는 불쌍한 친구여, 전학과 자퇴와 실종과 발악 등의 사유로 입학 당시와 비교하면 인원수가 조금 줄었다네. 네가 원한다면 월별 변동 상황을 엑셀 표로 만들어 보여 줄 수도 있어.

그렇게까지 집요하게 궁금하지는 않아. 남의 말엔 일단 반발하고 보는 내 저열하고 무계획적인 본성에 따라 거의 무의식적으로, 나도 모르게 반론이 남보다 넓은 모가지를 통과해 튀어나온 것뿐이니까.

그렇구나.

그렇지.

석소와 중현의 선문답 흉내가 끝나기 무섭게 체육 선생과 수학 선생이 등 뒤에서 새끼 사자와 반달곰처럼 포효하며 모습을 드러냈다. 중현이 놀란 척 물었다. 심장 떨어지는 줄 알았어요. 도대체 어디 있다가 갑자기 나타나신 거예요? 옥상 문이 삐거덕 열리는 소리조차도 들리지 않았는데.

체육 선생이 중헌 옆에 걸터앉으며 말했다. 점심시간이 시작되기도 전에 점심을 끝내곤 이리로 올라왔지. 내 영원한 친구 수학 선생과 내세와 천사와 목돈과 연애에 관한 지루한 환담이나 나눌까 해서.

수학 선생이 석소 옆에 걸터앉으며 말했다. 물탱크 뒤에 숨죽이고 앉아 있었는데, 긴장으로 우리의 심장이 용광로처럼 요란스럽게 쿵쾅거렸는데, 그 바람에 슬슬 불던 미풍도 돌풍으로 변했는데, 너희는 전혀 눈치도 채지 못하더구나.

석소가 손가락으로 머리를 긁적이며 대답했다. 그런 쪽으로는 저희가 좀 둔한 편이에요. 죄송합니다.

수학 선생이 말했다. 죄송할 것까지는 없지. 그렇게 태어난 걸 어떻게 하겠니?

체육 선생이 말했다. 미안한 말이지만 너희가 다른 애들보다 좀 둔한 건 사실이지. 운동신경 쪽으로는 더더욱.

그렇군요.

그렇지.

두 분 선생님의 진단은 참 재미있어요.

농담이 아닌 건 알지?

하품을 하며 운동장을 바라보던 체육 선생이 감탄하며 말했다. 오늘따라 유난히 북적이는군. 나름 장관이네.

수학 선생이 맞장구를 쳤다. 재학생 446명이 한 명도 빠짐없이 모두 다 운동장에 나와 있는 것 같아. 아, 시부야의 검푸른 까마귀처럼 난간에 위태롭게 걸터앉아 다른 아이들을 바라보고 있는 너희를 제외해야 하니 444명이라고 해야 맞겠군.

체육 선생이 말했다. 신기하군. 이런 걸 우연의 일치라고 하는 걸까, 운명이라고 하는 걸까? 33년 전 어느 날 우리 둘이서 일찌감치 점심을 먹고 지금보다 세 배는 더 낡았던 난간에 목숨을 걸고 걸터앉아 운동장을 바라보았을 때를 기억하니?

그래, 기억이 나네. 어제 먹었던 사골 해장국에 들어 있던 흰 머리카락처럼 생생히.

그날은 인원이 정확히 지금의 두 배였어. 888명.

체육 선생과 수학 선생은 이 학교 졸업생이었다. 예정대로라면 내후년 2월에 졸업할 석소와 중현의 33년 선배였다.

수학 선생이 직업 근성을 발휘해 계산적인 반론을 제기했다. 한 학년이 300명이었으니까 900명, 오슬로의 까마귀를 닮아 옥상에 있던 우리 둘은 빼야 하니 898명이라고 해야 맞지 않겠어?

입학 시점에는 그랬겠지. 하지만 전학, 퇴학, 불륜, 폭력, 기타 말할 수 없는 사유로 그날 운동장에 있었던 인원은 정확히 888명이었어. 심부름 때문에 교무실을 들락거리다가 출결 현황표를 살펴봤거든.

매사 완벽하게 엉성한 너한테 영악한 피노키오처럼 세밀한 측면이 있는 줄은 몰랐네. 나보다는 네가 더 수학 선생에 적격일 수도 있었겠네.

수학은 내겐 취미일 뿐이야. 미적분과 수열은 껌이고.

내 취미가 허들 넘기인 것처럼. 평행봉과 장대높이뛰기는 심심풀이 땅콩이고.

그와 비슷하지.

두 선생의 허허실실 문답을 e스포츠 중계 듣듯 웃지도 않고 진지하게 경청하던 석소가 체육 선생을 보며 물었다. 선생님, 33년 전 어느 날 운동장에 있었던 선배들의 숫자까지 정확히 알고 계시니 그와 관련된 질문 하나 해도 될까요?

되고말고. 그런데 지금은 선배님이라고 부르도록 해라. 아직 점심시간이기도 하고 옥상 난간에 걸터앉아 발을 흔들며 과거 이야기를 하다 보니 웬지 모르게 미니 동창회에 참석하고 있는, 등짝이 몹시 간지럽고 따뜻한 기분이 들거든.

등짝이 간지럽고 따뜻하여 행복하신 선배님, 질문 하나 해도 될까요?

되고말고. 말을 바꿔서 미안하다만 아무래도 선생님이라고 부르는 게 낫겠다. 따뜻함과 행복함을 넘어 감상적 기분에 도달하면 뇌간이 러시아 지하철처럼 심하게 흔들려서 질문에 제대로 답하기 어려울 수도 있으니까. 아, 한 시절을 함께 보냈던 동창들을 떠올리니 갑자기 가슴이 울컥해지네.

선생님, 그 당시 운동장에 있었던 888명이 지금은 어떻게 사는지 혹시 알고 있으세요?

체육 선생이 눈을 가늘게 뜨고는 대답했다. 점심 식사 직후라 가벼운 질문일 줄 알았더니 생각했던 것보다 훨씬 더 까다로운 질문이구나. 허들 앞에서도 상념과 회의에 빠지는 너의 진중한 성격을 감안했어야 했는데. 이 대답은 수학 선생에게 미루련다. 33회 졸업생 동창회 총무를 5년째 맡고 있는 너라면 답할 수 있겠지?

수학 선생이 체육 선생을 흘겨보며 말했다. 어려운 대답을 미루는 건 33년 전이나 지금이나 똑같구나.

변변치 못한 친구라서 미안하다.

괜찮다. 변변치 못한 건 나 또한 마찬가지일 테니.

그래도 우리의 우정은 변함없는 거지?

네가 잘나서 만나고 있는 건 아니니까.

파트너인 체육 선생과 함께 자학적 신문답을 공중에서 서글링하며 주고받는 진기명기를 선보인 수학 선생이 두 소년을 보며 말했다. 동창회 총무라는 일생일대의 중책을 맡고 있음에도 그 당시 운동장에 있었던 모든 동창들의 삶을 완전히 다 파악하고 있지는 못한다는 점에 대해 먼저 깊이 사과하고 싶구나. 그렇다고 실망하지는 마라. 내내 손을 놓고 있었던 것은 아니니까. 총무로 일한 지난 4년 7개월, 과감히 반올림하면 5년 동안, 내 딴에는 피와 땀을 흘리고 콧물과 눈물을 닦아 가며 온갖 노력을 다 기울인 결과 64.289퍼센트에 이르는 동창들과 적어도 한 번씩은 통화를 시도해 앞으로 12년 뒤에 발간될 예정인 동창회보에 기록하기에 충분한 정보를 얻었다. 절반을 겨우 넘긴 수치라니, 실망스럽겠지. 하지만 그렇다고 너의 질문에 답할 수 없는 건 아니다. 표본추출법과 카오스 이론에 불확정성의 원리를 적절히 섞어서 반죽을 만들면 단 5퍼센트의 동창들만으로도 나머지 95퍼센트 동창들의 삶을 정밀하게 알아낼 수 있으니까.

석소와 중현이 감탄한 듯 손뼉을 세게 치며 말했다. 선생님은 역시 대단하세요.

체육 선생이 철봉과 미적분 풀이로 단련된 강인한 엄지손가락을 치켜들며 말했다. 나도 인정.

두 소년과 체육 선생의 전폭적 지지를 등에 업은 수학 선생은 기고만장한 표정으로 잠시 운동장을 바라보다가 천천히 입을 열었다. 소수점 이하 자리까지 등장하면 머릿속이 복잡해질 테고 사람에 대해 말하면서 .3이니 .47이니 논하는 건 반윤리적이니 계산적 편의와 만세 불변의 휴머니즘을 두루 고려해 8명은 미리 제외하도록 하겠다. 괜찮겠지?

괜찮고말고요.

두 소년이 거의 동시에 대답한 순간 운동장에서 옥상 쪽으로 수면풍에 가까운 약한 바람이 불어왔다. 미매로(미친 매화나무 로드)에서 날아온 매화꽃잎의 봄바람을 조잡하게 닮은 향기에 취한 소년들은 숨을 크게 들이마시곤 운동장을 보았다. 운동장의 풍경이 바뀐 것 같았다. 그러나 정확히 어떤 부분이 어떻게 바뀌었는지 말하기는 무척 어려웠다. 굳이 꼬집어 말하라면 444명 중 4명이 부드러운 마이동풍의 유혹에 굴복해 운동장에서 급히 떠난 정도의 미약한 느낌이었다.

5퍼센트의 동창, 44명은 이미 세상을 떠났다. 또 다른 5퍼센트가량은 거주지 불명이거나 노숙자이거나 실종되었거나 유령처럼 산다. 그러므로 대략 10퍼센트의 동창, 88명은 세상에서 이미 사라진 것이나 마찬가지다. 참담한 지경에 빠진 이들의 비율이 일반적인 통계 결과보다 훨씬 높다는 점에 유의하기 바란다. 이유는 너희도 잘 알겠지. 서울특별시보다 2002년 이상 낙후된 서울보통시에 자리한 우리 학교의 특성이 숫자에 그대로 반영되었기 때문이다. 숫자는 거짓말을 안 하는 법이거든.

두 소년은 수학 선생의 유리수처럼 깔끔하고 명쾌한 설명을 들으며 운동장을 보았다. 운동장은 조금 전보다 눈에 띄게 한적해졌다. 수학에 크게 밝지는 않은 소년들이었으나 이유는 어렵지 않게 짐작할 수 있었다. 고등 수학적으로 표현하면 44명의 소년들이 운동장에서 사라진 것이다.

10퍼센트의 동창, 88명은 기초수급생활자이다. 20퍼센트가량의 동창, 176명은 비정규직이거나 일정한 직업이 없어 생계에 곤

란을 겪고 있는 상황이다.

두 소년은 귀로는 수학 선생의 말을 듣고 눈으로는 운동장의 상황을 주시했다. 선생의 말이 끝나기 무섭게 44명이 던힐 라이트 담배 연기처럼 지저분한 냄새를 풍기며 사라졌고, 곧바로 88명이 두 소년에게 바이바이, 실수로 레드 카펫을 밟은 무명 배우처럼 어색하게 손을 흔들고 두부처럼 뭉개져 사라졌다. 아직 남아 있는 264명의 소년들은 한결 넓어진 공간을 공작처럼 부유한 마음으로 느긋하게 걷거나 뛰었다.

40퍼센트의 동창, 352명은 향후 3년 이내에 직장을 잃게 된다.

수학 선생과 두 소년이 동시에 짧은 비명을 질렀다. 선생의 말이 끝나기 무섭게 체육 선생이 난간에서 사라졌기 때문이다. 두 소년은 말없이 운동장의 상황을 살폈다. 이제 88명의 소년들만 남아 있는 운동장은 창덕궁 후원처럼 여유로웠다. 다가올 미래를 모르는 소년들은 사슴과 염소를 이종 배합한 맑은 눈으로 후원 풍경을 즐겼다. 수학 선생이 근심 섞인 목소리로 물었다. 계속해도 될까?

아, 네.

그런데 이걸 어쩌냐? 내가 한 가지 깜빡한 게 있다.

뭔데요?

수학 선생은 눈을 빠르게 깜빡이며 말했다. 미안한 말이지만 다문화 가족은 표본에서 제외해야겠다. 싫어해서 그러는 게 아니라 우리 때에는 그런 게…… 아예 없었거든.

선생의 말이 끝나기 무섭게 중현이 난간에서 사라졌다. 석소는 입술을 깨물며 운동장으로 눈길을 돌렸다. 표본에서 무시해도 좋을 2명의 소년들이 민들레 홀씨처럼 무기력하게 밖으로 날아가는 모습이 보였다. 수학 선생이 말했다. 정말 계속해도 될까?

잠깐만요.

석소는 평소에는 고개조차 숙이지 않았던 여러 신들을 머릿속에 호출해 바쁘게 사죄한 후 조만간 한번 찾아갈게요, 하고 입바른 뇌물을 바치며 신속한 구원을 부탁했다. 이제 됐습니다. 계속하세요.

어떤 식으로든 만 65세까지 버틴 20퍼센트 중 절반은 75세 이전에 죽거나 기초생활수급자나 노숙자로 전락한다. 남은 10퍼센트의 절반은 85세 이전에 죽거나 죽은 것과 다를 바 없는 중병을 앓게 된다.

석소는 이제 5퍼센트, 44명밖에 남지 않은 33회 졸업생의 운명에 대해서 더 이상 들을 수가 없었다. 수학 선생마저 난간에서 사라져버렸기 때문이다. 석소는 운동장을 보았다. 22명의 소년들은 대한제국의 마지막 황제처럼 뒷짐을 지고 운동장을 활보했다.

 이제 석소에겐 두 개의 선택지가 있었다. 수학 선생의 위대한 유업을 계승해서 남은 5퍼센트의 운명을 끝까지 살펴보는 것이 첫 번째였다. 카운트다운이 어느 숫자에서 멈추게 될지는 몰랐다. 운이 좋으면(운이 좋은 게 맞기는 한가?) 제로까지 갈 수도 있고 운이 나쁘면(운이 나쁜 게 맞기는 한가?) 5에서 곧바로 끝날 수도 있었다. 점심시간도 거의 끝나 가는 만큼 학생의 본분을 떠올리고 옥상 난간에서 서둘러 내려와 5교시 수업에 들어가는 것이 두 번째였다. 투기보다는 안정을 선호하는 투자 성향을 지닌 석소는 2번 답안에 동그라미를 쳤다. 손가락을 바쁘게 움직여 허공의 컴퓨터에 표본추출법과 카오스 이론과 불확정성의 원리에 에너지 불변의 법칙까지 추가한 석소는 운동장을 바라보았다. 소년들의 숫자가 못생긴 아메바처럼 빠르게 늘어났다. 어느 시점에선가 수학 선생이 나타나 난간에 앉았고 또 어느 시점에선가 중현과 체육 선생이 나타나 난간에 앉았다. 수학 선생은 중현에게 아까는 미안했다, 라고 말했고 중현은 괜찮아요, 늘 있는 일인데요, 뭐, 하고 대답했다. 그것이 그들이 나눈 유일한 대화였다. 언어의 창고에서 마땅한 말을 인출하지 못한 넷은 목소리를 잃은 프라하의 독일계 까마귀처럼 조용히 운동장을 바라보았다. 444명의 소년들이 모인 운동장은 분주하고 요란스러웠다. 소년들의 창의적인 욕설을 들으며 수학 선생이 말했다. 위안이 될지는 모르겠지만 그래도 나는 수학 선생이니 수학적이고 계산적인 위로밖에는 줄 수 없다. 백 퍼센트 확실한 표본추출법은 이 세상에 존재하지 않는다. 가능성이 그리 높지는 않으나 내가 제시한 것이 아닌 다른 미래로 진행될 가능성도 아예 없지는 않으니 그 가능성을 결코 배제해서는 안 된다는 뜻이다.

석소가 콧등의 여드름을 짜며 말했다. 그렇다면 고뇌와 상념과 깨끗한 얼굴과 방탄소년단의 안티팬인 저는 감상적인 희망을 표출하고 싶어요. 우리가 사는 서울보통시의 삶이 우리가 예상했던 것보다는 더 빠르게 좋아질 가능성도 있어요. 그럴 경우 모든 수치는 근본적으로 재조정되어야겠지요.

석소의 여드름 속 내용물이 튄 손가락을 바지에 닦으며 중현이 말했다. 뭐 그럴 수도 있겠지요. 비록 신뢰도는 5퍼센트 미만이겠지만요. 표본에서 아예 제외되는 그룹도 여전히 있을 테고요.

체육 선생이 웃으며 말했다. 몸을 쓰는 직업을 가진 나라도 긍정의 화신이 되어 이렇게 말하고 싶다. 중현이 너는 다양한 문화를 가졌다는 것에 고마워하며 뒤틀린 마음을 풀도록 해라. 제로는 아닌 게 어디니? 1퍼센트의 희망이라도 존재한다면 그래도 세상은 살 만한 곳이다.

수학 선생이 따라서 웃으며 말했다. 내 어리석은 긍정의 친구여, 내 생각도 다르지 않네. 할렐루야.

아멘.

앗 쌀람 알라이쿰.

나마스테.

나무아미타불.

공수래공수거.

학교의 신들에게 인사를 건넨 넷은 거의 동시에 옥상으로 뛰어내렸다. 옥상을 내려가는 그들의 지친 발걸음을 5교시 시작을 알리는 오넷 콜맨의 지옥문처럼 외롭고 프리하고 지독한 색소폰이 햇살처럼, 혹은 비수처럼 환하고 날카롭게 비추며 하나씩 하나씩 지워 갔다.

9. 영원한 학생

나는 내가 학교에 있지 않고 학교 밖에 있다는 사실에 대해 두려움과 놀라움을 함께 느낀다. 내가 학교가 아닌 학교 밖에, 그것도 다른 시간이 아닌 바로 지금, 학교 밖에 있을 이유가 전혀 없기 때문이다. 누가 나를 학교 밖으로 내쫓았는가? 누구의 명령과 뜻에 따라 이 장소와 이 시간이 나에게 주어졌는가?

이집트 나일강 남부 유역 파피루스 관리자 압둘 파스칼, 기원전 2세기

—

교실로 막 들어서려는 재섭의 어깨를 누군가 툭 치고 지나갔다. 말 그대로 툭, 일 뿐이어서 어깨가 못 견디도록 아프지는 않았

으나 재섭은 마음이 크게 상했다. 우샤인 볼트의 팔촌동생에 필적할 빼어난 반응 속도를 발휘해 뒤돌아보았지만, 가해자의 부지런한 뒤통수는 이미 4층으로 이어지는 계단을 절반쯤 올라간 상태였다. 몸의 움직임에 맞추어 위아래로 바쁘게 움직이는 검고 못된 뒤통수를 향해 재섭은 남은 생에 도움이 될 만한 진지한 충고를 던졌다. 이 도둑고양이처럼 추악한 새끼야, 사과라는 고귀하고 아름다운 단어도 모르냐?

어, 미안.

새끼고양이처럼 연약한 목소리가 4층에서 3층으로 천천히, 방울 단위로 떨어졌다. 함께 내려온 침 한 방울이 거룩한 보혜사 성령으로 변신해 재섭의 머리에 닿은 순간 소뇌에서 유레카의 번개가 번쩍 쳤고 전날 아침 구관 앞 게시판에서 보았던 게시물이 곧바로 떠올랐다. 35년 전에 실종된 소년을 찾는다는 기이한 게시물이었다. 게시물은 게시물로서의 요건을 전혀 갖추지 못했다. 실종된 소년을 찾으려는 실용적 의도였다면 적어도 실종자의 이름과 사진, 실종 장소, 특히 보상금 같은 사항이 자세히 적혀 있어야 마땅했다. 재섭이 본 게시물은 그렇지 않았다. 그저 A4 용지에 16포인트 크기의 나눔고딕체로

35년 전에 실종된 소년을 찾습니다 뒤통수라도 목격칸 학생은 반듯이 국어 선생에게 연락하기 바랍니다

라고 성의도 맥락도 없이, 게다가 의도했는지 의도하지 않았는지는 몰라도 맞춤법까지 무시했으니 그저 작성자 기분 내키는 대로 줄줄이 적은 셈일 뿐이었다. 재섭은 어느덧 4층을 다 올라간 못생긴 뒤통수를 보며 형이상학이나 핵실험이나 인류의 미래와는 무관한 피교육자의 양심에 관한 존재론적 고민에 빠졌다. 당장이라도 2층 교무실에 뛰어 내려가 국어 선생을 찾은 뒤 문제의 실종 소년을 발견했다는 보고를 하는 것이 이 상황에서 피교육자인 재섭이 취해야 할 가장 올바른 행동일 것이다. 그러나 보고에 앞서 짚고 넘어가야 할 중요한 문제가 하나 있었다. 과연 그 짧지 않은 시간 동안(최소 22초-최장 47초) 검은 뒤통수가, 어, 미안, 하고 느리게 사죄를 표했던 검고 못생기고 못된 뒤통수가 그럼 다녀와, 난 여기서 얌전히 쉬고 있을게, 하고 4층에 머물며 기다려 주겠는가 하는 것이었다. 또 다른 사소한 문제도 있었다. 재섭의 어깨를 세게는 아니어도 툭 치고 지나감으로써 신체적 고통은 아니어도 정신적 고통을 심하게 유발했던 뒤통수가 정말로 35년 전에 실종된 소년의 뒤통수가 맞느냐는 것이었다. 급식에 나온 단무지의 지름은 물론 달걀 프라이의 색깔까지 문제 삼았던 전력을 지닌, 중요한 일은 철저하게 나 몰라라 자세로 외면해도 사소한 일엔 눈 부릅뜨고 결사 항전의 자세로 달려들기로 유명한 국어 선생이 도대체 어떤 근거로 그런 말도 안 되는 참개구리 뒤통수 같은 판단을 내렸느냐고 따지고 든다면 대답할 방법이 마땅치 않았다. 성적만큼이나 말발도 훌륭해 방송부장이라는 명예로운 직책을 98일째 성공적으로 수행하고 있는 성훈이었다면 게시물로서의 기본 요건마저 갖추지 못한 엉터리 게시물을 소년들이 쉽게 볼 수 있는 공적인 게시판에 붙인 이유부터 집요하게 추궁하고 들었겠지만 재섭은 성훈이 아닌 까닭에 적개심 가득한 장광설을 퍼부으리라 뻔히 예상되는 국어 선생에게 대꾸는커녕 안 그래도 좁은 어깨만 더 좁게 만드는 쓸모없는 우물거림만 반복하다가 결국은 선생을 만나기 전보다 한결 비좁아진 어깨에 머리를 파묻은 채 쓸쓸히, 비굴하게, 우울하게 뒤돌아설 것이 분명했다. 재섭은 어느덧 5층으로 향하는 뒤통수를 보며 이제껏 살아왔던 많지 않은 날들을 되돌아보았다. 한 나라의 민주시민으로서도, 한 집안의 자랑스러운 자식으로서도, 한 학교의 모범학생으로서도 일관되게 한참은 부족했던 지난날들을 떠올렸다. 부끄러웠다. 거울 볼 면목이 없었다. 악성 댓글을 쓸 자격도 없었다. 커피를 마실 자격도 없었다. 담배를 피울 자격은 더더욱 없었다. 이래서는 곤란하다! 재섭은 마른 우물 안에서 하늘을 보며 참회록을 쓰는 심정으로 주먹을 불끈 쥐고는 계단으로 몸을 돌렸다.

재섭은 우샤인 볼트의 사촌 형에 필적하는 무서운 속도를 발휘해 4층을 지나 5층에 도착했다. 능력에 맞지 않는 무리한 속도를 낸 바람에 무릎과 어깨가 삐걱거렸으나 어둠이 있으면 밝음이 있듯 상처에 어울리는 보람은 있었다. 옥상으로 향하는 계단을 올라가고 있는 뒤통수의 일부분, 정확히 말하면 사 분의 일이 눈에 들어온 것이다. 재섭은 자신의 신체를 고통스럽게 만든 사 분의 일로 토막 난 뒤통수에게 진지하고 위협적인 충고를 던졌다. 이 여우랑 붙어먹은 족제비 같은 새끼야, 당장 5층으로 굴러 내려와. 안 내려오면 지옥까지 쫓아갈 거야.

어, 미안.

사과는 참 잘해요. 사과보다는 배, 말보다는 실천, 어서 내려와서 그 잘난 면상이나 보여 봐.

그러고 싶지만 그럴 수가 없어.

왜?

난 6층에 가야 하거든. 몬테 베르디의 성모 마리아의 저녁 기도
가 울려 퍼지는 걸 보니 이미 라틴어 수업 시간에도 늦었어.

몬테 베르디?

응, 몬테 베르디.

라틴어 수업?

그래, 라틴어 수업.

라틴어라니, 몬테 베르디는 또 뭔가? 완전 미친놈이군. 재섭은
고개를 절레절레 흔들며 말했다. 옥상으로 도주하려는 생각이면
포기하는 게 좋아. 옥상으로 통하는 문을 열려면 오늘의 아홉 자
리 비밀번호를 알아야 해. 학교의 제2 권력자인 학생주임에게도
쉽지 않은 일이지. 그건 교장밖에 모르거든.

네 말대로 쉽지는 않겠네, 하지만 난 도주하는 게 아니라 수업
에 가려는 거고, 내가 가려는 곳은 옥상이 아니라 수업 시작을
알리는 성가가 울려 퍼지는 6층.

5층 위에는 옥상밖에 없는데?

무슨 소리, 6층 위에 옥상이 있지.

뒤통수의 목소리에는 확신이 가득했다. 재섭을 속이기 위해 터무니없는 거짓말을 늘어놓는 것 같지는 않았다. 재섭은 역시 저 뒤통수는 게시물에서 보았던, 35년 전에 사라진 그 소년이 틀림없다고 생각했다. 35년 전 이 학교 신관은 지금과는 달리 6층 건물이었고, 그 6층에서는 라틴어 수업이 열렸던 것이다. 학교 건물을 증축하는 일은 흔해도 층을 줄이는 사례는 거의 없으며, 대한민국의 고등학교에서, 그것도 서울보통시의 삼류 고등학교에서 라틴어를 가르치고 배웠다는 깨알 지식은 지난달 독파했던 20세기 교육부 연감에서도 전혀 읽어 본 적이 없다는 딱딱한 반론이 이마를 툭툭 건드렸지만 그런 것들은 다 무시하기로 했다. 35년 전에 사라진 소년이 그렇다고 말하면 그런 것이었다. 후세 사람이 머리와 자료로 쓴 역사와 상식보다는 당사자의 생생한 발언이 우선이었다. 대략적인 상황 파악을 마친 재섭이 침착한 목소리로 물었다. 질문 하나 해도 될까?

수업에 늦어 마음이 몹시 불편하기는 하지만 질문을 무시하는 건 예의에 어긋나니 한 가지 질문 정도는 받기로 할게.

혹시 6층으로 올라가는 계단을 못 찾고 있어?

바싹 마른 팔다리를 끊임없이 움직이며 옥상으로 향하는 문을 밀고 당기고 도어락의 숫자판을 마구 누르던 뒤통수의 동작이 멈추었다. 힘없는 목소리가 투항하듯 아래로 떨어졌다.

그걸 어떻게 알았어?

왠지 그런 것 같아서.

바보 같은 소리처럼 들릴 거라는 거 알아. 그런데 아무리 애를 써도 6층으로 이어지는 계단을 못 찾겠어. 2년 동안 학교에 오는 날이면 매일 같이 올랐던 그 익숙한 계단을 무슨 일인지 도저히 찾을 수가 없어. 혹시나 길을 잘못 들었나 싶어서 아래로 내려갔다 다시 올라와도 마찬가지야. 계단은 없고 한 번도 본 적이 없는 이상한 기계 장치가, 건드리면 빛을 발하는 외계인 같은 무서운 기계 장치가 달린 낯선 문만 있을 뿐.

게이트맨이라는 거야.

게이트맨이 뭔데? 문지기?

그건 됐고, 아래로 내려갔다 다시 올라오기를 도대체 몇 번이나 반복한 거야?

모르겠어. 2222까지는 입으로 헤아렸는데 머리도 아프고 마음도 상해서 그다음에는 포기했어.

재섭은 며칠 전 음악 수업 시간에 쇼팽의 피아노곡을 슈만의 작품이라고 대답했다는 이유로 교실 뒷자리에서 두 손을 들고 서 있는 끔찍한 벌을 받았던 기억을 떠올렸다. 머리가 남들보다 두 배는 큰 골리앗 선생은 자신이 존경하는 쇼팽을 모욕했으니 피아노의 시인 쇼팽이라는 문장을 속으로 222번 반복한 후에 자리로 돌아가라고 말했다. 222라는 숫자에 도달하는 일이 생각보다 몹시 고통스러운 일이었음을 깨달은 순간이었다. 그런데 222도 아니고 2222라니. 물론 2222도 끝은 아닐 것이다. 35년 전에 사라진 저 소년은 고백과는 달리 어쩌면 4444, 어쩌면 8888, 어쩌면 17776, 어쩌면 35552, 어쩌면 재섭으로는 상상도 할 수 없는 끔찍하고 불가사의하게 큰 숫자까지 머리에 담았을지도 모른다는 생각이 들었다. 불쌍한 자식, 아니 불쌍한 선배. 하고 많은 장소들 다 놔두고 재수 없게 이 더러운 학교에 갇히다니. 재섭이 말했다. 내가 도와줄게.

　아, 정말 오래간만에 들어 보는 벽난로의 불꽃처럼 따뜻한 말이네. 교실의 벽난로는 늘 꺼져 있거든. 고마워.

　교실의 벽난로라니 도대체…… 하여튼 어디 가지 말고 잠깐만 기다려.

수업에 늦어 마음이 몹시 불편하기는 하지만 그래도 잠깐이라
면 기다릴 수 있을 것 같아.

정확히 4분 55초 후 재섭이 숨을 가쁘게 헐떡거리며 나타났다.
재섭은 난간을 잡고 허리를 깊이 숙여 호흡을 조절한 뒤에 다시
몸을 세우고 물었다. 아직 거기에 있어?

응. 수업에 늦어 마음이 몹시 불편하기는 하지만 그래도 아직
기다리고 있어.

누군가 자신의 말을 믿어 주고 기다려 주었다는 사실에 재섭의
가슴이 모닥불처럼 뜨거워졌다. 과장 없이 말해서 지난 4분 55초
는 재섭의 인생에서 가장 고통스러운 시간이었다. 우샤인 볼트를
창조한 아버지가 아니면 불가능한 위대한 속도로 5층에서 2층까
지, 다시 2층에서 5층까지 비공인업자에게 웃돈을 주고 속성으
로 날개를 만들어 붙인 유사 페가수스 조랑말을 타기라도 한 양
바쁘게 뛰어다닌 것도 고통스러웠지만 모범 학생은 아니어도 모
범 학생의 길을 일관되게 지향했던 재섭이 교장실에 난입해 책상
서랍을 모조리 뒤집어엎은 일은 더욱 고통스러웠다. 그러나 재섭
의 고통은 소년의 것에 비길 바가 못 되었다. 재섭의 것은 4분 55

초짜리였고 소년의 고통은 35년짜리였다. 교무실에서는 어서 와라 네 몸의 모든 뼈를 다 부러뜨려서 세상의 고통이란 고통은 다 겪게 만들어 줄 테니, 하는 끔찍한 공포의 문장을 종이비행기로 연이어 접어 학교 곳곳에 날리고 있는 상황이었지만 시간의 미로 속에 갇히다시피 한 소년 앞에서 기껏해야 정학, 혹은 반성문 5001장으로 끝날 별것도 아닌 앞날에 대한 두려움을 표출해서는 안 되었다. 재섭은 옥상으로 이어지는 계단을 빠르게 올라 문 앞에 섰다. 소년이 교묘한 각도를 유지하며 문에 붙어 있다시피 서 있는 바람에 재섭이 볼 수 있는 건 여전히 검고 못생긴, 처음 느꼈던 것보다는 훨씬 덜 못된 뒤통수뿐이었다. 재섭은 조금만 뒤로 물러나면 작업을 수행하는 데 훨씬 도움이 되겠다고 말하고 싶었으나 수업에 늦은 소년의 마음이 얼마나 다급한지를 그 누구보다 잘 알고 있었기에 중국 곡예단 단원처럼 손을 괴상한 각도로 비틀어 오늘의 신성한 비밀번호 111111111을 간신히 눌렀다. 딩동댕 소리와 함께 문이 열렸다. 재섭은 자기도 모르게 한숨을 내쉬었다. 소년의 말은 사실이었다. 신관 건물에는 6층이 있었고 복도에는 한 번도 들어 본 적이 없는 라틴어 구절이 요들처럼 경망스럽게 울려 퍼졌다. 재섭은 고마워, 라는 기본적인 감사의 말도 잊은 채 교실을 향해 달려가는 소년의 팔각 뒤통수를 향해 물었다. 복도에 울려 퍼지는 유월 장마처럼 길고 징그러운 이 구절은 도대체 무슨 뜻이야?

소년이 뒤를 돌아보며 말했다. 너의 영혼을 위무하는 문장을 징그럽다고 표현하다니 너의 짧은 유머도 참. 사피엔티아 일루미나트 호미넴, 지혜는 인간을 밝게 비춘다는 뜻이지. 이어지는 구절의 내용이 궁금하다면 너도 함께 수업을 들으렴. 내가 알기로 인원에 제한이 있는 건 아니니까. 아, 이런. 나의 방황을 끝내게 도와준 구원자여, 내가 너에게 고맙다는 말은 했던가?

소년은 각종 수식어를 생략한 고마워, 라는 기본적인 감사의 말 한마디를 다시 입에 담으며 재섭에게 손을 내밀었다. 소년이 손을 들어 부르기라도 한 것처럼 검은 말 한 마리가 어디선가 나타나 둘 앞에 섰다. 재섭은 자신과 똑같이 생긴 소년의 기적 같은 얼굴을 바라보며 말 등에 올라탔고 소년이 이어서 올라탔다. 라틴어 수업을 들으러 가는 두 소년을 태운 검은 말은 볼렌테 데오(신의 뜻대로), 신부처럼 우울하게 중얼거린 후 자신의 몸보다 더 검은 6층 복도로 천천히 사라졌다.

다음 날 아침 국어 선생은 신관 게시판에 16포인트 크기의 나눔고딕체로 작성된 A4 크기의 맥락과 성의와 마침표라고는 눈을 씻고서라도 찾아볼 수 없으며 맞춤법까지 과감하게 무시한, 작성자 기분 내키는 대로 만들어진 기이한 게시물 하나를 붙였다. 내용은 다음과 같았다.

35년 전에 실종된 소년을 찾습니다 뒤통수라도 목격칸 학생은 반듯이 국어 선생에게 연락하기 바랍니다

10. 상담실

실패하라. 다시 시도하라. 더 나은 실패를 하라. 그래도 안 되면 바닥에 가래침을 뱉고 반성문을 써라.

비잔틴의 친투르크 교부신학자 케말 살 베케트, 3세기

—

탁자 위에 놓인 흰 종이만 뚫어져라 바라보던 성훈은 상담실 문을 열고 들어오는 우울한 월요일 같은 얼굴의 재욱에게 고양이 앞발을 닮은 귀여운 손을 살짝 들어 인사를 건넸다. 모범생의 대명사인 널 여기서 만나다니. 학교는 역시 한 치 앞을 예측하기 힘든 격동의 장소로구나.

재욱은 감기에 걸린 듯 코를 몇 번 훌쩍이고는 대답했다. 모범생의 기준에서 말하기로 한다면 네가 나보다 정확히 열 배는 더 모범생이지. 우리가 처음 만난 유치원 시절부터 계산하면 넌 모범상을 열 번 받았고 나는 고작 한 번밖에 못 받았으니까. 학교가 한 치 앞을 예측하기 어려운 격동의 장소라는 너의 말에는 나 또한 기꺼이 동의하는 바다. 오늘 아침 우리가 아인슈타인과 비트겐슈타인의 두뇌 각성 이론을 독일의 지형과 비교하며 나란히 등교할 때만 하더라도 다른 곳도 아닌 상담실에서 오후를 보내게 되리라고는 생각조차 하지 못했지.

　모범상을 모범생의 기준으로 삼는 것에는 동의하기 힘들구나. 모범상은 그저 이름만 모범상일 뿐이라는 게 내 생각이거든. 모범택시가 우리가 생각하는 그 모범은 아니듯 말이지. 계량화하기 어려운 모범보다는 차라리 지각 횟수를 따지는 게 더 합리적이지 않을까? 난 올해 이미 한 번 지각을 했고 내가 기억하기에 넌 한 번도 하지 않았으니 넌 완전무결한 모범생이고 난 결점이 있는 학생인 거지.

　단 한 번 지각했다고 모범생이 아니라고 말하는 건 지나치게 자학적이고 편집증적인 결론인 것 같구나. 그 당시 네가 늦은 시간이 단 1분이었다는 사정까지 감안한다면, 지각과 모범의 상관관계가 노벨상 수상자들의 값비싼 연구에도 불구하고 아직 확실하게 밝혀지지 않은 점을 고려하면 더욱 그렇겠지. 학생의 제일가는 본분인 성적으로 말하는 건 어떨까? 지난달 모의고사에서 넌 전교 1등을 했고 난 공동 22등을 했어. 학교의 기준에서 보자면 넌 모범생 중에서도 제일가는 모범생인 거지.

성적이 좋다고 모범생인 것은 아니야. 성적과 모범의 관계도 확실하게 규명되지는 않았어. 모범생에게 지성은 필수니 지난달 읽은 책의 권수로 가리는 건 어떨까? 내가 알기로 넌 하루도 빠지지 않고 도서관에서 책을…….

재욱이 이제 그만, 하고 외치고는 성훈의 어깨를 감쌌다. 성훈의 눈에서는 구멍 뚫린 동 파이프처럼 시큼한 눈물이 줄줄 흘렀다. 재욱이 말했다. 미안하다. 네 말이 많아지고 속도가 빨라지기 시작했을 때 눈치를 챘어야 했는데. 많이 놀랐지?

성훈이 손바닥으로 눈물을 닦으며 말했다. 미안한 건 나야. 괜한 눈물과 긴장의 과잉으로 나의 단 하나뿐인 친구라고 자랑스럽게 선언할 수 있는 너의 마음까지 불편하게 만들었으니. 너 또한 지금의 이 상황이 무척이나 낯설고 힘들 텐데.

문답과 눈물과 사과와 우정의 과시로 미량의 안정을 찾은 재욱과 성훈은 상담실 안을 살폈다. 그들 두 모범생들이 처음 와 보는 장소인 상담실은 좁고 단순했다. 두 소년이 반성문을 쓰기 위해 팔꿈치를 대고 있는 무늬목 원탁과 창문 앞에 있는 상담 선생의 4대 3 비율의 책상이 전부였는데 원탁과 원탁에 속한 네 개의 의자, 책상과 책상에 속한 한 개의 의자만으로도 상담실은 꽉 찼다. 문을 제외하면 세상과 통하는 유일한 통로인 창문에는 두꺼운 회색 암막 커튼이 쳐져 있어서 바깥은 전혀 보이지 않았다. 성훈이 말했다. 상담실이 아니라 취조실 같아.

　그러게. 아마도 창문 뒤에는 감시실이 있겠지.

　그 감시실 뒤에는 또 다른 감시실이 있겠지.

　그 감시실 뒤에는 또 다른 감시실이 있을 테고.

　두 소년은 서로를 보며 빙긋 웃었다. 취조실, 아니, 감시실, 아니 상담실에 들어온 이후 처음 지어 보이는 웃음이었다. 성훈이 물었다. 그런데 모든 면에서 완벽을 지향하는 너는 도대체 무슨 잘못을 저질러서 여기에 오게 되었어?

　모든 면에서 최고를 지향하는 너는 왜 왔는데?

　미안하다. 너의 반문을 들으니 나의 실수를 알겠다. 나도 모르게 취조하듯 묻고 말았구나. 이 방의 어둡고 우울한 분위기가 내 말투에도 영향을 미쳤나 봐.

미안해할 것까지는 없어. 너 같은 최고의 모범생이, 아니 모범생 이야기는 집어치우고 내 마음을 나보다 더 잘 아는 진실한 친구인 네가 여기에 오게 된 이유가 진심으로 궁금해서 되물었던 거니까.

성훈은 잠시 생각에 잠겼다가 연필로 책상을 툭툭 두드리며 입을 열었다. 범죄자치고 스스로 죄 있다고 고백하는 사람은 단 한 명도 없다지만 솔직히 말해서 난 여기에 오게 된 이유를 도무지 모르겠어. 점심을 먹고 나서 평소처럼 운동장을 한 바퀴 산책하며 소크라테스와 소피스트들의 토론에 대해 명상하다 교실로 들어오는데 교장을 만났어. 교장이 대뜸 내 머리를 쥐어박더니 상담실로 가서 반성문을 쓰라는 거야.

혹시 인사를 안 한 거 아냐?

인사하려고 고개를 숙이는데 내 머리를 쥐어박았어. 그래서 난 뒤통수를 맞게 되었지.

어이가 없네.

그렇지?

성훈이 눈길을 보내자 재욱은 잠시 생각에 잠겼다가 손등으로 책상을 톡톡 두드리며 입을 열었다. 치졸한 변명처럼 들릴 수도 있겠지만 나 또한 여기에 오게 된 이유를 도무지 모르겠어. 점심을 먹고 평소처럼 도서관에 들러서 책을 빌려 교실로 들어오는데 담임을 만났어. 4교시 수업 시간에도 보았기에 고개를 살짝만 숙였는데 담임이 대뜸 내 뒤통수를 쥐어박더니 상담실로 가서 반성문을 쓰라는 거야.

혹시 이상한 책을 빌린 거 아냐?

자라투스트라는 이렇게 말했다와 율곡집이 이상한 책이라면 도서관에 이상한 책이 아닌 건 단 한 권도 없겠다.

어이가 없네.

그렇지?

두 소년은 서로를 바라보며 한동안 아무 말도 하지 않았다. 먼저 입을 연 건 둘 중 현실에 대한 인식이 조금 더 냉정하고 정확한 재욱이었다. 우리 둘 모두 반성문을 쓸 만한 그 어떤 잘못도 저지르지 않은 것은 확실해. 하지만 우리가 있는 곳은 법정이 아니라 학교야. 아무리 억울해도 지금 당장은 변론이나 반박이 아닌 반성문을 쓰는 일에 집중해야 할 것 같아.

그건 그래. 이러다가 5교시 수업에도 못 들어가면 곤란하니까.

오늘 학교에 온 건 수업을 듣기 위해서니까.

수업이 없다면 학교에 오지도 않았을 테니까.

성훈이 아직 한 글자도 쓰지 않은 깨끗한 종이를 손에 들고 흔들며 말했다. 그런데 반성문은 어떻게 써야 하지? 솔직히 말해서, 내 마음을 나보다 더 잘 아는 너한테니까 하는 말이지만 나는 지금까지 단 한 번도 반성문이라는 장르의 글을 써 본 적이 없어.

재욱이 말했다. 재수 없게 들릴 수도 있겠지만 너를 믿고 사실을 말하자면 나 또한 마찬가지야. 비록 니체나 퇴계 같은 성인의 삶을 살지는 못했지만 반성문을 쓸 만큼 큰 잘못은 단 한 번도 저지른 적이 없어.

그렇더라도 반성문은 써야겠지?

교장과 담임이 쓰라고 했으니까 쓰기는 써야겠지.

우린 모범생들이니까.

그래, 비록 지금은 상담실에 있는 신세지만 우리는 스승들의 선의를 믿는, 학교의 존재 이유를 믿는, 모범생의 정의가 어떻든 간에 근본적으로는 모범생들이니까.

재욱은 흰 종이 상단에 반성문이라고 쓴 다음 성훈에게 보이며 씩 웃었다. 성훈은 흰 종이 상단에 반성문, 그리고 엄지손가락

만큼의 여백을 두고 학년과 반과 이름을 쓴 다음 재욱에게 보이
며 씩 웃었다. 재욱은 학년과 반과 이름을 쓴 다음 엄지손가락 손
톱만큼의 여백을 두고 저는 학생으로서 저질러서는 안 되는 심
각하고 크나큰 잘못을 저질렀습니다, 라고 쓴 뒤 성훈에게 보이
며 고개를 저었다. 성훈은 저는 학생으로서 저질러서는 안 되는
심각하고 크나큰 잘못을 지질렀습니다, 라고 쓴 다음 새끼손가락
손톱만큼의 여백을 두고 저는 제가 저지른, 학생으로서 저질러서
는 안 되었던 심각하고 크나큰 잘못에 대해 심각하게 반성을 했
습니다, 라고 쓴 뒤 재욱에게 보이며 고개를 저었다. 두 소년은 때
로는 웃고 때로는 고개를 젓고 때로는 고개를 끄덕이고 때로는
한숨을 쉬고 때로는 뺨을 때리고 때로는 머리에 주먹질을 하며
반성문을 썼다. 두 소년이 자학과 좌절을 반복하며 오랜 시간을
끙끙거리다가 완성한, 동어반복이 유난히 많은 반성문의 골자는
대략 다음과 같았다.

저는 학생으로서 저질러서는 안 되는 심각하고 크나큰 잘못을
저질렀습니다.
저는 제가 저지른, 학생으로서 저질러서는 안 되었던 심각하고

크나큰 잘못에 대해 심각하게 반성을 했습니다.

학생인 제가 도대체 무슨 생각으로 그토록 심각하고 크나큰 잘못을 저질렀는지 모르겠습니다.

제가 저지른 심각하고 크나큰 잘못은 학교의 존립을 위협할 수도 있는 심각하고 크나큰 잘못이었습니다.

심각하고 크나큰 잘못을 저지르기에 앞서 학생으로서 조금 더 깊이 생각했다면 그런 심각하고 크나큰 잘못은 결코 저지르지 않았을 것입니다.

심각하고 크나큰 잘못을 저지르기에 앞서 학생으로서 조금 더 깊이 생각하지 않았기에 저는 그런 심각하고 크나큰 잘못을 저지르고 말았습니다.

학교의 존립을 위협할 수도 있는 심각하고 크나큰 잘못을 저지른 제게 갱생의 기회를 주신다면 다시는 심각하고 크나큰 잘못을 저지르지 않겠습니다.

제가 저지른 심각하고 크나큰 잘못에 대해 늘 반성하면서 앞으로는 더 이상 심각하고 크나큰 잘못을 저지르지 않기 위해 모든 노력을 기울이면서 남은 학교생활을 해 나가겠습니다.

심각하고 크나큰 잘못을 저지르지 않기 위해 모든 노력을 기울

였음에도 또다시 그러한 심각하고 크나큰 잘못을 저지른다면 반성문을 쓰는 것을 포함한 어떠한 벌도 달게 받겠습니다…….

두 소년은 반성문 하단에 날짜와 이름을 쓰고 사인을 했다. 퇴고를 중시하는 재욱이 반성문을 소리 내어 읽었다. 재욱은 겨우 두 줄을 읽은 후 울컥하는 감정의 노예가 되어 읽기를 중단했다. 시작한 일은 반드시 끝내야 한다고 믿는 성훈이 재욱이 중단한 부분부터 다시 반성문을 소리 내어 읽었다. 성훈은 겨우 세 줄을 읽고 울컥하는 감정의 제물이 되어 읽기를 중단했다. 재욱과 성훈은 A4 용지를 빼곡하게 채운 반성문을 두 줄씩, 세 줄씩 교대로 읽었다. 눈물과 콧물 때문에 시간은 예상보다 훨씬 더 오래 걸렸다. 재욱이 반성문을 내려놓으며 눈을 훔쳤다. 더 보탤 것은 없는 것 같아. 아, 우린 정말 나쁜 학생들이야.
성훈이 코를 쿵쿵거리고는 깊은 한숨을 쉬었다. 숨을 쉬기도 어려울 정도로 고통스러운 문장들이었어. 부모님이 우리를 한심하게 여기는 것도, 담임이 나만 보면 이를 박박 가는 것도 당연해.
교장이 나만 보면 방향을 바꾸어 다른 길로 가는 것도 당연해.
재욱이 성훈의 손을 쥐며 말했다. 야구는 9회 말 투아웃부터

라는 스피노자의 격언처럼 아직 늦지는 않았어. 우리 이제 착한 학생이 되도록 노력하자.

성훈이 재욱이 잡은 손을 더욱 세게 쥐며 말했다. 그래, 강희제의 유훈처럼 끝나기 전에는 끝난 것이 아니야. 우리 힘을 내자. 졸업하기 전에 단 한 번이라도 모범생 소리를 듣도록 분발하자.

원탁에 얼굴을 묻고 졸던 성훈은 상담실 문을 열고 들어오는 명랑한 토요일 같은 얼굴의 재욱에게 호랑이 앞발을 닮은 커다란 손을 높이 들어 인사를 건넸다. 우리 같은 개날라리들은 역시 상담실에서 얼굴을 보게 되는구나.

재욱은 씹던 껌을 원탁 아랫면에 붙이면서 인상을 찌푸렸다. 개날라리에도 등급이 있어. 어디 감히 형님한테 함부로 맞먹으려고 그래?

방금 형님이라 그랬냐? 우리 집 막내 뽀삐 발바닥의 껌이나 껄떡대며 핥는 새끼가 못 하는 소리가 없네.

까부네.

왜? 뗐으냐? 뗐으면 나가서 한판 세게 붙던지······

이 새끼가······ 내 주먹으로 찐한 상담 한번 제대로 받아 볼래?

11. No pain, no gain

학생의 마음을 아는 사람을 선생이라고 한다. 선생은 학생이 보고 있지 않은 것을 볼 수 있다. 학생이 듣지 않은 것을 들을 수 있고, 학생이 만지지 않은 것을 느낄 수 있다.

일본의 녹색 게다 전문 품평 장인 다마구치 다쓰루, 15세기

—

　국어 선생은 5교시 수업 종료를 알리는 키스 자렛의 재즈풍 골드베르크 변주곡에 맞춰 문을 열고 나가려다 말고 관절염 환자처럼 굼뜨게 몸을 돌렸다. 선생은 0.1미터/초의 속도로 재서에게 다가와 물었다. 학생은 수업이 즐거운가?

　네, 즐겁다는 표현으로는 부족할 만큼 즐겁고, 즐겁고 또 즐거

위요, 하고 머릿속에서 떠오르는 문장 그대로 대답하려던 재서는 아무래도 지나치게 오두방정과 주접을 마구잡이로 합성해 떠는 것 같아서 황급히 조신한 쪽으로 방향을 선회했다. 뭐, 대체로 그렇습니다.

대체로 그렇다?

새로운 것을 배우는 재미가 쏠쏠합니다.

새로운 것을 배우는 재미가 쏠쏠하다?

네.

네 녀석이 공자 제자라도 되는가?

네? 공짜요? 무슨 말씀이신지?

아니다, 됐다.

국어 선생은 혼탁하고 생기 없는 눈동자로 재서의 새끼 불곰처럼 맑고 고운 눈을 한참 들여다보더니 힘겹게 몸을 돌려 밖으로 나갔다. 미친 영감 새끼, 꾹 참고 받아 주니까 아주 기어오르려고 드네. 더러운 놈. 치사한 놈. 노망난 놈. 난 공짜는 취급 안 한다고. 재서는 속으로 푸지게 푸념하곤 기지개를 켰다. 재서가 하마터면 입 밖에 낼 뻔했던 문장의 내용처럼 국어 수업 시간은 무척이나 즐거웠다. 사실 재서는 국어 따위에는 전혀 관심이 없었다. 따로 배우지 않아도 문자를 보내고 댓글을 달고 랩 가사를 읽을 수 있고 쇼핑을 할 수 있고 욕설을 자유자재로 구사할 수 있는데 무엇 때문에 수업까지 따로 받아야 하는 건지. 게다가 국어 선생의 수업은 구태의연이라는 단어마저 새롭다고 느끼게 만드는 구태, 구태, 또 구태의 집단 노숙 공동체였다. 국어 선생의 수업 패턴은 늘 똑같았다. 수업을 시작하자마자 등을 돌리고 서서 칠판에 잔뜩 필기를 한다. 중요한 내용이니 한 자도 빼놓지 말고 베껴 쓰라는 명령을 내린 후 창가 앞 의자에 앉는다. 쓰기를 마친 소년들이 하나둘 웅성거리기 시작하면 다시 교탁으로 돌아가 필기한 내용을 한 줄 한 줄 읽으며 설명을 한다. 목소리는 또 얼마나 지루한지. 국어 선생 같은 사람만 있다면 졸피뎀 제조 회사는 당장 망할 것이다. 어떤 상황에서도 최선을 다하는 것을 신조로 삼는 몇 안 되는 모범생들에게조차 국어 수업은 힘겹다. 귀 기울여 듣고 있으면 고개는 수면 주사라도 맞은 것처럼 자동적으로 아래로 떨어지기 마련이니까. 그럴 때 조심해야 한다. 선생이 던지는 분필 폭탄이 사방에서 연쇄적으로 터지기 시작하니까. 나이치곤 투구 능력이 빼어나 분필을 맞은 이마는 썩은 자두처럼 볼썽사납게 부어오르기 십상이다. 그러니 소년들은 수업이 아무리 지루하더라도 고개를 빳빳이 세우고 견딜 수밖에 없는 것이다. 그렇다면 국어를 사랑하지도 않고 관심도 없으며 폐지론에는 하트 듬뿍 담긴 문자와 좋아요 따따블로 언제든지 적극 찬성할 준비가 되어 있는 재서가 국어 수업 시간을 즐기는 이유는 도대체 무엇일까? 재서에게 특별한 비법이 있기 때문이다.

지난겨울 재서는 아르바이트로 번 돈을 몽땅 투자해 애리조나로 갔다. Db 약물 명상 프로그램(GS level2)을 수강하기 위해서였다. 여기서의 Db는 Diamondbacks, 즉 다이아몬드 문양을 드라큘라 망토처럼 몸에 두른 방울뱀을 말한다. 인터넷 정보에 따르면 멀쩡히 살아 있는 사람을 저승 세계로 곧장 내려보내기에 부족함이 없는, 어떤 상황에서도 독사에게 주어진 본분을 다하는 성실한 뱀이다. 물론 재서는 뱀에 대해서는 국어 수업만큼이나 무관심했고 호랑이라면 몰라도 뱀에게 물려 죽을 생각은 추호도 없었다. 그럼에도 방울뱀을 활용한 약물 명상 프로그램(이하 Db)을 거금을 들여 수강한 건 그 효과의 탁월함을 믿을 수 있는 사람의 입을 통해 직접 들었기 때문이었다. 재서와 같은 학교에 다녔던 사촌 형이 그 주인공이었다. 사촌 형은 고3에 올라가기 전에 Db를 수강했고 그 덕분에 지루한 국어 시간을 즐겁고, 또 즐겁게 보낼 수 있었다. 주위의 우려에도 불구하고 지방대 인문 계열에 성공적으로 합격한 사촌 형은 마음도 너그러워서 자신의 비법을 재서에게 아낌없이 전해 주었고 다른 모든 지루한 수업들은 그럭저럭 참을 수 있어도 구태의연의 에베레스트인 국어 수업만큼은 도무지 참을 수 없었던 재시는 그렇다면, 하고 주먹을 불끈 쥐고 애리조나로 날아갔던 것이다. Db의 핵심은 구전을 통해 내려온 인디언 명상을 통해 방울뱀의 치명적인 독을 다스리는 데 있었다. 호피 인디언 127대 추장 주먹 쥐고 일어서의 사촌 동생이라고 주장하는 강사는 프로그램 내내 한 문장만을 강조하고 또 강조했다. No pain, no gain, 고통이 없으면 얻는 것도 없다.

방울뱀 독으로 만든 작은 알약을 씹어 먹는 일은 고통스러웠다. 소량의 독이라고는 하나 어금니가 찌릿찌릿했고 식도가 아렸고 위장이 출렁거렸다. 그 고통을 다스리는 것이 바로 인디언 명상이었다. 강사는 눈을 감으라고 명령한 뒤 큰소리로 외쳤다. 혼다 스쿠터를 타고 초원을 질주하는 인디언을 생각하라. 한 손에는 활을, 다른 한 손에는 화살을 들고 방울뱀을 사냥하는 인디언의 즐거운 마음을 떠올려라.

혼다 스쿠터는 재서에게도 익숙했다. 임실 치즈 피자 배달 아르바이트를 할 때 탔던 스쿠터가 바로 2002년형 혼다였으니까. 머릿속 초원에서의 스쿠터는 현실과는 전혀 다른 기계였다. 시동이 꺼지지도 않았고 검은 배기가스가 용암처럼 흐르지도 않았고 손으로 치즈 좀 주무르지 말라는 점장의 구두쇠 같은 더러운 욕설도 헬멧 틈새로 들리지 않았다. 끝이 보이지 않는 일망무제의 초원을 달리며 사방, 팔방, 십육방, 삼십이방으로 바쁘게 도망치는 방울뱀들의 다이아몬드를 겨냥해 화살로 연달아 쏘아 맞히는 즐거움이란. 방울뱀들이 최후의 발악을 내지르며 비 맞은 풀처럼 맥없이 드러눕는 꼴을 보는 즐거움이란. 알약을 씹어 먹었을 때의 고통은 순식간에 사라졌고 재서의 가슴에는 열광과 환희만이 가득했다. Stop and wake 사인과 함께 눈을 떴을 땐 열반에 가까운 체험을 했던 순간이 너무 짧다는 것이 무척이나 아쉬울 정도였다. 그러나 재서를 정말로 놀라게 한 건 강사의 다음 말이었다. 시간이 1분 정도 흐른 것 같지요? 아닙니다. 여러분은 무려 50분 동안이나 명상에 잠겨 있었습니다.

지루한 시간을 줄이는 것, 끔찍한 50분을 열락의 1분으로 바꾸는 것, 이것이 바로 Db 프로그램의 핵심이었다. 재서는 애리조나에 2주간 머물면서 프로그램의 세부 기술을 익혔다. 남들이 보기엔 멀쩡히 눈을 뜨고 있는 것처럼 보이는 기술을 습득하는 것이 가장 어려웠다. 딴생각하는 소년들 특유의 얼빠진 표정을 지어서도 안 되며, 갑작스러운 질문에도 적당히 대답할 수 있는 각성 수준에 도달하고서야 이 명상 프로그램을 현실에서도 사용할 수 있을 터였다. 그 과정이 말처럼 쉽지는 않았다. 재서는 2주 내내 한 문장만을 외우고 또 외웠다. No pain, no gain, 고통이 없으면 얻는 것도 없다. 노력하고 또 노력한 재서는 모든 과정을 성공적으로 끝마쳤고 2년 동안 사용하기에 충분한 777개의 알약과 함께 인천공항으로 향하는 비행기를 탔다.

국어 선생은 수업을 시작하자마자 등을 돌리고 서서 칠판에 잔뜩 필기를 했다. 중요한 내용이니 한 자도 빼놓지 말고 베껴 쓰라는 명령을 내린 후 창가 앞 의자에 앉았다. 선생의 말과는 달리 내용은 하나도 중요하지 않았으므로 글자보다는 결승문자나 쐐기문자에 가까운 기호를 그리며 빠른 속도로 베껴 쓰기를 마친 재서는 주위 소년들의 찌푸린 얼굴을 즐겁게 감상하곤 알약을 재빨리 입에 넣었다. 어금니가 찌릿찌릿했고 식도가 아렸고 위장이 출렁거렸다. 재서는 고통이 심해지기 전에 서둘러 혼다 스쿠터를 탔다. 칠판이 사라지고 책상과 의자가 사라지고 소년들이 사라지고 선생이 사라지고 초원이 펼쳐졌다. 어느덧 일곱 번째 방울뱀 사냥이었지만 마음은 여전히 처음처럼 즐거웠다. 이제 1분 동안 활을 들고 화살을 쏘면 국어 수업은 끝나는 것이었다. 재서는 이야호 소리를 지르며 초원을 질주했다. 겁에 질린 방울뱀들이 사방, 팔방, 십육방, 삼십이방으로 바쁘게 도망쳤다. 재서는 활에 화살을 메긴 후 빠르게 쏘았다. 앗, 그런데 이게 웬일인가? 화살은 방울뱀의 다이아몬드에 닿지도 않고 힘없이 떨어졌다. 곧바로 또 다른 화살을 메겨 쏘았지만 결과는 바뀌지 않았다. 2주간의 훈련 중 단 한 번도 일어난 적이 없는 괴상한 현상이었다. 지난 여섯 번의 사냥에서도 일어난 적이 없는 특이한 현상이었다. 화살이 빗나간 것을 알아차린 방울뱀들이 눈치를 잠깐 보다가 방향을 바꾸었다. 방울뱀들이 혼다 스쿠터를 스크럼 짜듯 둥글게 둘러쌀 때까지도 재서는 희망을 버리지 않고 계속해서 화살을 쏘았다. 방울뱀들의 다이아몬드가 발아래까지 다가왔어도 화살의 움직임은 처음과 똑같았다. 다이아몬드를 외면하는 게 본분인 양 방울뱀과는 무관한 곳에 떨어지고 또 떨어질 뿐이었다. 마침내 화살은 다 떨어졌고 방울뱀들은 고사리처럼 머리를 세우고 재서를 보았다. 방울뱀 한 마리가 재서 발가락을 물었다. 토르의 망치가 어금니를 세게 두드렸다. 날카로운 체인이 식도를 지나갔다. 뜨거운 불덩이가 위장에서 축구를 했다. 재서는 비명을 질렀다. 단 한 마리의 방울뱀이 선사한 고통만으로도 죽을 지경이었다. 방울뱀은 한 마리가 아니었다. 끝도 보이지 않는 방울뱀의 무리가 혼다 스쿠터를 감싸고 있었다. 재서는 눈을 뜨려고 애를 썼다. 이 망할 명상에서 벗어나기 위해 온 힘을 다했다. 불가능했다. 재서는 눈을 뜰 수 없었고 명상에서 깨어날 수 없었다. 두 번째 방울뱀이 느릿느릿 다가왔다. 세 번째 방울뱀이 느릿느릿 다가왔다. 네 번째 방울뱀이 느릿느릿 다가왔다…… 쉰 번째 방울뱀이 느릿느릿 다가온 순간 멀리서 육중한 배기음이 들렸다. 혼다 스쿠터로서는 흉내도 낼 수 없는 묵직한 소리였다. 몸 안에 퍼진 독, 환불을 영어로 뭐라고 하나, 망할 인디언 같으니라고, 등등에 대한 생각으로 정신이 없는 와중에도 재서는 눈을 가늘게 뜨고 배기음의 주인공을 확인했다. 매드 맥스 족속들이 침 흘리며 탐낼 법한 할리데이비슨 로드 글라이드 울트라 모델이 재서를 향해 달려오고 있었다. 재서는 온통 검은 오토바이복을 착용한 남자를 향해 손을 뻗으며 외쳤다. 제발 살려 주세요.

할리데이비슨은 재서의 혼다 스쿠터 옆에 멈췄다. 오토바이에서 내린 남자가 재서를 향해 걸어왔다. 방울뱀들은 남자에게는 관심도 없었다. 남자는 느리게 전진해 재서 한 명만을 물고 또 무는 방울뱀 무리를 보며 으흐흐 웃었다. 익숙한 웃음이었다. 늙은 웃음, 지루한 웃음, 쓸쓸한 웃음…… 남자가 검은 헬멧을 벗었다. 국어 선생이었다. 늙고 병든 국어 선생이 명상에 빠진 재서의 머릿속에 들어와 있었다. 재서는 고통으로 얼굴을 찌푸린 중에도 머릿속으로 왜와 어떻게를 반복해 그렸다. 초원을 다 태울 듯 뜨겁게 달아오른, 움직임이 거의 없는 것 같은 태양을 바라보던 선생이 천천히 몸을 돌려 재서에게 말을 걸었다. 시간이 어느 정도 흐른 것 같나?

글쎄요, 50분 정도, 아니면 한 시간?

흐흐흐, 단 1분이 흘렀다.

믿을 수가 없었다. 느리게 다가온 방울뱀 한 마리당 1분씩만 계산해도 50분이 흘렀어야 했다. 방울뱀이 다가오기 전의 상황도 있었으므로 한 시간은 흘렀어야 했다. 그런데 1분이라니? 재서는 지루한 속도로 끝도 없이 다가오는 방울뱀을 보며 국어 선생의 지루해서 더 무시무시한 설명을 들었다. 몇 년 전부터 내 수업을 즐기는 놈들이 하나둘 나타나기 시작했다. 있을 수 없는 일이었다. 수업을 하는 나조차도 지루해서 참을 수 없을 정도였으니까. 게다가 놈들은 하나같이 모범생과는 거리가 먼 형편없는 인간들이라는 공통점이 있었다. 무언가 기분 나쁜 일이 벌어지고 있는 것이라 직감한 나는 주름진 손가락과 침침한 눈으로 인터넷을 이 잡듯 벼룩 잡듯 뒤진 끝에 놈들이 애리조나에서 Db 약물 명상 프로그램을 수강했다는 사실을 알아냈다. 웬만한 선생 같으면 돈이 아까워서라도 에라 이 망할 놈들, 하고 외치곤 곧바로 포기했을 것이다. 뭐, 수업을 즐기는 것이었지 방해하는 것은 아니었으니까. 나는 그렇지 않았다. 남은 교사 생활을 절망 속에서 살아가고 싶지는 않았다. 수업을 이해조차 못 하는 놈들이 좋아라고 즐기는 꼴을 보며 정년을 맞고 싶지는 않았다. 나는 Db 사이트를 꼼꼼히 살폈다. 바다에 가라앉은 보물선과 수중 도시를 찾아 헤매는 네모 선장의 절박한 심정으로. 있었다. 사이트 맨 아래에 For teacher라는 글자가, 22만 원짜리 돋보기를 쓰고서야 겨우 발견할 수 있는 구원의 글자가 작게 표시되어 있었다. 마우스를 클릭했더니 교사 자격증 번호를 입력하라는 문장이 떴고 만국 공용의 위대한 번호를 입력하니 새로운 프로그램을 안내하는 화면이 떴다. Db 약물 명상 통제 프로그램(ET level3)이었다. 나는 애리조나로 가서 2주간의 혹독한 훈련을 받았다. 호피 인디언 127대 추장 주먹 쥐고 일어서지마에게서 직접 교육을 받았다. 프로그램의 핵심이 무엇인지는 너도 충분히 짐작했을 것이다. 지루한 시간을 늘리는 것, 안 그래도 끔찍한 1분을 늘리고 늘려 더 끔찍한 50분처럼 느끼게 만드는 것.

국어 선생은 아직 방울뱀의 이빨이 닿지 않은 재서의 싱싱한 이마를 톡톡 두드리며 격려했다. 이제 49분 남았다.

헬멧을 쓰고 할리데이비슨으로 향하던 선생은 느리게 몸을 돌려 재서에게 다가왔다. 공짜라도 좋으니 제발, 하고 울먹이며 부탁하는 재서의 얼굴을 보며 오래전부터 야심 차게 준비해 온 것이 틀림없는 날카로운 문장을 썩은 입 냄새와 함께 꺼내 재서의 가슴을 푹 찍었다. No pain, no gain, 고통이 없으면 얻는 것도 없는 법이다.

12. 5교시 수업

온 우주에 낙엽처럼 흩어졌던 학생들이 오, 예, 한 권의 책처럼 우 후, 학,
학, 학, 학, 학교에 다시 모였구나.

나바호의 코스모폴리턴 인디언 스타일 힙합 뮤지션 입스 단레, 11세기

—

　5교시 수업 종료를 알리는 루트비히 판 베토벤의 피아노 소나
타 14번(일명 월광) 1악장이 스피커를 통해 교실에 울려 퍼졌다.
음악이 송출되기 1분 25초 전부터 송사리보다 작은 눈을 더 가
늘게 뜨고 창밖 풍경을 바라보며 반수면에 가까운 깊은 명상에
잠겼던 국어 선생은 피아노 소리가 구세주, 혹은 타임머신이라도

되는 듯 순식간에 교실에서 모습을 감추었다. 수업 내내 뺨의 온기를 책상에 전달하는 일차원적 동작을 기계적으로 반복하는 일에 자신의 포스를 집중했던 재섭이 로데오 경주에 뛰어든 미치광이 초짜 말로 변신해 책상을 넘어뜨리고 요란스럽게 몸을 일으켰다. 재섭은 엄지와 검지로 서구의 수많은 무법자들을 골로 보냈던 전설의 무기 콜트 워커 리볼버를 창조한 후 왼쪽 눈을 감고 누군가에게 쏘는 시늉을 하며 외쳤다. 너 이 새끼, 한판 뜨자.

교실 사정에 어두운 몇몇 어리숙한 시선이 재섭의 신체에서 유일하게 귀공자를 닮은 손가락 끝을 따라갔다. 대부분의 소년들은 재섭이 너라는 이인칭대명사와 새끼라는 비속어를 동시에 구사하며 지정한 상대를 알기 위한 노력을 전혀 기울이지 않았다. 싸움질 분야에서 교내 서열 1위인 재섭이 완전한 복종을 이끌어 내지 못한 급우는 단 한 명, 아요디아인지 아카디아인지 구별도 어려운 인도 북부 지방에서 지난달에 전학을 온 석소밖에는 없었기 때문이다. 석소는 사태를 미리 예견이라도 한 현명한 사트구루처럼 인중 아랫부분을 이단으로 비틀어 만든 썩은 웃음을 지으며 자리에서 천천히 일어났다. 교실 안에는 긴장과 침묵이라는 언뜻 보기에는 닮았으나 실은 전혀 닮지 않은 두 개의 쌍둥이강

이 남쪽과 북쪽 벽을 타고 급박하게 흘러내렸다. 185센티미터를 넘는 두 소년이 눈가에서 냄새 지독한 유황불을 튀기며 서로를 주시하는 모습은 학교에 찌든 급우들의 어리석은 말을 빼앗고 늘어진 수업 때문에 아둔해진 신경을 팽팽하게 긴장시켰다. 재섭이 왼쪽 입술 끝을 45도 각도로 위로 말아 올리는 재수 없는 비웃음을 선보이며 장황한 선전포고를 했다. 어리석고 둔한 네 놈의 두개골이 알아챘는지 모르겠으나 그동안 나는 너의 행동을 예의 주시해 왔다. 너라는 놈이 보여 준 안하무인 격의 역겨운 태도란. 이 교실에는 너를 이길 존재가 전혀 없다는 듯 고개를 사하라 전갈 꼬리처럼 언제나 빳빳하게 쳐들고 다니는 그 오만함이란. 이 학교에서 정의의 수호자로 자임하며 살아온 지 어언 444일, 너 같은 새끼의 모습을 더 이상 두고 볼 수는 없고 두고 봐서도 안 된다는 결론에 이른 것은 당연한 귀결. 자, 어서 한판 뜨자. 5교시 시작까지 8분 30초밖에는 남지 않았으니. 흠, 굳이 서두를 필요는 없을 것 같군. 8분 하고도 30초라면 너 같은 약골 따위는 지옥의 골짜기로 세 번 굴려 보낸 후 이 몸은 천국의 책상에 편히 엎드려 동면에 가까운 긴 휴식을 취하기에도 충분한 시간이니.

시간이 차고 넘친다는 네 말과 성경은 물론 괴테와 단테의 학설에도 전혀 부합하지 않는 너의 엉터리 천국 지옥 이론에는 조금도 동의하지 않는 바임을 먼저 알리고 싶다. 네가 가진 지식의 빈틈을 계속 공격하는 것도 타의 모범이 되는 학생으로서 취해야 할 하나의 방법이겠지만 노련한 스위스 시계 수리공처럼 너의 단어 하나하나를 분해해 세부적으로 따지기에 앞서 함께 생각하고 넘어가야 할 중요한 문제가 있다. 경제 성장률이 제로라는 뉴스는 너도 들어 보았을 것이다. 나라 경제도 어려운 판국에 우리가 꼭 싸워야만 할까? 학교도 개판인 상황에서 우리가 꼭 승부를 겨뤄야만 할까? 혹시라도 우리를 탄생시키느라 소중한 에너지를 소비한 이 우주에 대죄를 짓는 일은 아닐까? 나라와 우주와 학교에 죄인 되기를 원하는 존재는 없을 터. 그러니 싸움보다는 대화를 통해 실마리를 풀어 나가는 건 어떨까?

대화보다 훨씬 더 간단한 방법이 있지. 네 놈이 내 앞에 무릎 꿇고 영원한 복종을 맹세하는 것. 당 태종이 을지문덕에게 그랬던 것처럼.

영원이라니, 우린 불멸의 존재도 아닌걸. 게다가 이 무식한 새끼야, 당 태종은 을지문덕에게 무릎을 꿇은 적이 없어.

그렇다면 당 태종은 취소. 그래도 복종은 받아 주마. 영원 따위는 문제도 안 된다는 걸 말해 주고 싶다. 만세불변할 내 무덤까지 너의 완전한 복종을 가져갈 생각이니.

무덤의 힘을 과신하는군. 피라미드라도 건설한 생각이냐? 설령 피라미드를 세운다고 해도 바뀌는 것은 없어. 내 무릎과 복종을 바칠 대상은 우주의 질서를 보호하는 비슈누 신밖에는 없으니.

주제 모르는 네 놈의 자만심 덕분에 깔끔한 비누 신과 동기 동창생이 되겠네.

너를 위해 경고하지. 최고신을 모욕하는 말만큼은 삼가는 게 좋아. 시바 신이 두툼한 이중 허리를 돌려 널 우주의 먼지로 만들어 버릴 수도 있으니까.

재섭이 고뇌하는 덴마크 왕자 햄릿처럼 우아한 동작으로 주먹을 불끈 쥐고 목소리를 높였다. 비누니 시발이니 하는 인간들이 만들어 낸 헛된 이름이나 들먹이며 생명보다 귀중한 쉬는 시간을 똥 개천에 흘려보내자는 수작이냐? 태어날 때부터 무신론자이며 앞으로도 그러할 내게 신들의 이름 따위는 씹다 뱉는 아카시아 껌에 불과하다는 걸 알아야 할 거다. 자, 이제 6분 17초밖에는 남지 않았다. 신을 들먹이는 그 경박한 입술은 그만 닫고 어서 주먹이나 내밀어. 너 아니어도 잘 돌아가는 우주의 일은 신경 쓰지 말고 인본주의자의 정신으로 회귀해 너의 연약한 팔과 다리나 보호하란 말이다.

싸움은 싸움을 불러올 뿐이야.

내 말이 그 말이야. 첫 싸움이 가장 중요하지.

그런 말이 아니야. 인도의 경전인 바가바드 기타에 따르면…….

인도 타령 좀 그만해. 이 아리랑처럼 지루한 새끼야.

재섭은 블랙 팬서의 속옷처럼 검게 빛나는 손목시계를 힐끗 본 뒤 5분 40초, 하고 외치며 석소의 얼굴을 향해 긴 왼발을 날렸다. 진창이란 진창은 다 밟고 다녔던 뉴발란스 501의 더러운 바닥이 얼굴 여드름을 파열시키기 직전 아슬아슬하게 고개를 돌린 석소는 여전히 바가바드 기타식 해법에 대한 미련을 버리지 못했다. 한번 시작하면 윤회를 거듭하며 영원히 싸우게 돼. 그게 신의 섭리야. 승패를 가리지도 못할 의미도 없는 싸움으로 남은 생을 허비할 필요는 없다니까.

재섭은 발차기의 실패를 만회하려는 심산으로 주먹을 빠르게 뻗으며 외쳤다. 내 말이 그 말이야. 귀중한 시간을 허비하지 않도록, 네 놈 말대로 의미 없는 싸움으로 생을 허비하지 않도록 기회가 왔을 때 완벽, 또 완벽하게 상대를 밟아 줘야 하는 거야.

석소는 이번에도 품질 좋은 매끈한 A4 종이 한 장 차이로 주먹을 피한 후 다시 한번 썩은 웃음을 지으며 재섭을 노려보았다. 최고신들의 명의를 무단 도용한 내 모든 훌륭한 만류에도 불구하고 꼭 싸워야겠다 이거지?

내 안의 싸움 신이 말하고 있어. 네 놈을 쓰러뜨리는 게 이번 생을 사는 내게 유일하게 주어진 신성한 의무라는 걸.

알겠어. 신성까지 들먹이며 말한다면 나도 어쩔 수 없지. 최선을 다해 널 때려 부수어 우주의 정결하고 단호한 구성 원리를 너의 유리처럼 연약한 몸으로 직접 깨닫게 해 주는 도리밖에는 없겠군.

석소의 오늘 아침 구입한 것처럼 깨끗한 나이키 에어맥스 97이 공중을 날아 재섭의 뺨에 현란한 바닥 무늬를 남겼다. 교실 벽에 걸린 반 고흐 자화상의 사라진 한쪽 귀가 흔들릴 정도의 강한 공격에 재섭의 어금니 하나가 제 위치를 고수하지 못하고 밖으로 튀어나왔다. 재섭은 조금 전까지 자기 몸의 일부분이었던 이빨을 향해 잠시 측은지심의 눈길을 주고는 석소를 향해 달려들었다. 석소의 신체 대부분은 재섭의 우직하고 예측 가능한 공격을 쉽사리 피했으나 고흐의 귀 없는 얼굴에 홀렸는지 오후의 따뜻한 햇살에 마음을 빼앗겼던지 나이키의 천사 같은 아름다움에 스스로 감탄했는지 다른 이들은 모르는 이유로 잠시 방심하며 주춤했던 왼쪽 다리는 그러지 못했다. 석소의 왼쪽 다리에서 뚝, 걷기에 관여하는 어떤 중요한 조직이 심하게 부서지고 파괴되는 소리가 났다. 석소는 자신의 의지와 무관하게 움직이는 왼쪽 다리를 달관한 혜초 대사의 눈길로 잠시 바라본 다음 잿빛 참매가 되어 공중으로 날아올랐다. 석소의 상어 이빨 팔꿈치가 재섭의 가슴을 찍었다. 뉴턴이 세 권짜리 프린키피아를 통해 훌륭하게 증명한 바 있는 가속 운동 에너지의 충격을 이기지 못한 재섭은 자신의 몸이 잠시 의탁했던 낡은 책상과 함께 바닥에 나동그라졌다. 재섭이 얼굴을 찡그리며 몸을 일으키자 성훈이 나타나 3분 12초를 외쳤다. 재섭은 깨달음을 얻은 석가모니의 제자 가섭처럼 멋대가리 없는 연꽃 웃음을 얼굴 가득 머금은 채 석소를 향해 무소처럼 돌진했다. 석소는 펄프 픽션 첫째 장에나 등장할 법한 허구적인 속도로 주먹을 빠르게 연속적으로 뻗어 재섭을 막았다. 속수무책으로 마블스러운 공격을 허용한 재섭의 코는 침식 과정에 들어선 경포대 모래사장처럼 무기력하게 제 높이를 잃었고 결국은 퍽 하는 소음과 함께 허물어져 족히 한 바가지는 되는 검붉은 피를 바닥에 뿌렸다. 자신의 코가 만들어 낸 피가 고요한 경포호를 탄생시켰음에도 재섭은 진격을 멈추지 않았다. 끈기는 보상을 받는 법, 진격의 재섭은 마침내 석소의 허리를 잡는 데 성공했고 어렵게 잡은 기회를 놓치지 않기 위해 손가락 관절에 온 힘을 집중해 그대로 들어서 바닥에 꽂아 버렸다. 허리를 붙잡고 바닥에 앉은 채 썩은 미소를 짓고 있는 석소에게 명철이 다가가 1분 42초를 외쳤다. 남은 시간을 들은 석소는 우주에 지지 않겠다는 의미가 모호한 다짐의 말을 허공에 대고 중얼거리더니 개구리처럼 재섭을 향해 튀어 올랐고 어느새 두꺼비 면상이 된 재섭 또한 석소의 돌진을 피하지 않았다. 이제 둘은 한 몸이 되어서 싸웠다. 이를테면 공개 스파링 같은 것이어서 관람료를 따로 지불할 필요가 없는 싸움은 무료임에도 제법 관전할 만했다. 재섭이 복부를 가격하면 석소가 얼굴을 때렸고 재섭이 왼팔을 비틀면 석소는 오른팔을 졸랐다. 둘은 바닥에 쓰러져서 싸우기 시작했다. 석소가 위로 올라왔다 싶으면 곧바로 재섭이 자세를 바꿨고 재섭의 기름지고 일그러진 얼굴이 보인다 싶으면 석소의 빈약하면서도 진지한 얼굴이 나타났다. 둘 중 누군가의 피가 천장에 튀어 잭슨 폴락에게 추상화의 아이디어를 제공했고, 둘 중 누군가의 머리카락이 한 움큼 떨어져 공수부대 낙하산처럼 공중을 날아다녔고, 둘 중 누군가의 신음과 괴성이 잠자다 벼락 맞은 7번 국도의 돌멩이처럼 떼구루루 연속으로 바닥을 구르며 신경에 거슬리는 소리를 만들었다. 지금껏 잠자코 있던 반장이 둘의 눈을 교대로 보며 33초를 외쳤다. 재섭은 재수 없는 비웃음으로, 석소는 썩은 미소로 인지했다는 표시를 했다. 둘의 눈이 잠깐 마주쳤다. 바닥에 등을 대고 있던 재섭이 고개를 끄덕이자 상위 포지션을 점령했던 석소도 따라서 끄덕였다. 둘은 한 몸처럼 붙어 있던 에로틱한 요가 자세를 풀고는 천천히 일어섰다. 석소가 먼저 허리케인 조의 왼손 스트레이트를 뻗었다. 턱을 맞은 재섭은 잠시 얼음이 되었다가 남은 힘을 모두 모아 록키 발보아의 오른손 훅을 구사했다. 석소의 여드름이 석류처럼 터지는 소리가 났다. 석소는 머리를 좌우로 세게 흔들고는 다시 한번 왼손을 뻗었으나 재섭의 얼굴에는 닿지 않았다. 소년들이 함께 외쳤다. 17초. 재섭은 간신히 오른손을 뻗었으나 석소에게 닿기에는 한참이 부족했다. 9초. 이미 온 힘을 다 써 버린 둘은 공격을 포기했고 헉헉거리는 숨을 내쉬며 노려보는 것으로 남은 시간을 보냈다.

5교시 시작을 알리는 챗 베이커의 마이 퍼니 발렌타인이 스피커를 통해 교실에 울려 퍼졌다. MSG를 듬뿍 담은 조미료처럼 감미로운 목소리가 들리고 정확히 19초가 지나서 교실 문이 열렸다. 홀로 흠모하던 영어 선생과 루카스나인 콜드 브루 라떼 커피를 마시다가 곧장 수용소로 끌려온 표정의 수학 선생은 창으로 다가가 뒷짐을 지곤 유별날 것도 없는 바깥 풍경을 여느 날처럼 진지하고 우울하게 감상했다. 선생이 1분 25초 동안 자세를 바꾸지 않으리라는 사실을 잘 알고 있는 소년들은 각자의 방식으로 시간을 보냈다. 재서는 유행에 200년 뒤처진 타이거 JK의 흘러간 힙합을 소리 없이 흥얼거렸고 성훈은 손목과 어깨 관절을 대서양 바다거북처럼 비틀어 춤을 추었고 재욱은 선생의 60인치 모니터처럼 넓은 등을 하염없이 바라보았고 중현은 두 눈을 꼭 감고 물기 없는 눈물 한 방울을 떨궜다. 교실 맨 뒷자리에 나란히 앉은 재섭과 석소는 서로 다른 방향을 바라보았다. 석소는 이유도 없이 갑자기 힘을 잃은 왼쪽 다리를 주무르며 유일한 친구이자 라이벌인 재섭과 언젠가 제대로 한판 뜨고 싶다는 은밀한 소망을 수선화처럼 날씬하게 키웠다. 재섭은 이유도 없이 갑자기 아프기 시작한 어금니에 힘을 주며 유일한 친구이자 라이벌인 석소와 둘이서 무일푼으로 아요디아인지 아카디아인지를 순례하며 비슈누

와 시바에게 시발, 이 우울하고 지루한 학교생활의 의미는 도대체 뭔가요, 하고 간절하게 따져 묻고 싶다는 사막 선인장처럼 날카롭게 메마른 꿈을 꾸었다. 1분 25초간의 풍경 감상을 마친 선생이 교단으로 돌아왔다. 석소와 재섭은 책상 밑으로 서로의 손을 꼭 잡았고, 바가바드 기타에 등장하는 어느 하급 신의 모습을 빼닮은 수학 선생은 나지막한 목소리로 오늘의 다섯 번째 5교시 수업을 시작했다. 멀고 먼 누란이란 도시에는 천세불변할 파꽃이 피고 만세불변할 미라가 누워 있다. 이 현상을 통계 법칙에 적용한다면······.

13. 학급회의

학교의 무게에 짓눌린 학생들이 학교에서의 삶을 단순하게 만들고자 꿈
꿀 때, 그 학생들 누구나 갈망하는 첫 번째 기본적인 원칙은 서사의 질서
다. 첫 번째로 이것이 일어났고, 두 번째로 저것이 일어났고, 세 번째로 이
것과 저것이 일어났고, 네 번째로 이것과 저것과 그것이 일어났다고 진술
할 수 있는, 범죄 신고는 112, 화재 신고는 119처럼 명쾌하고 단순한 질서.

핀란드의 무허가 제설업자 에드가 스노우 무질, 19세기

—

　　제19-2725차 학급회의를 개최하겠다는, 엄숙함을 서투르게
흉내 낸 반장의 선언이 끝나자마자 재욱이 손을 들어 발언권을

얻었다. 제19-2725차······ 이하 5차라고 해도 되겠습니까?

좋습니다.

이 학급의 장대하고 찬란한 역사에 한 장을 장식할 것이 분명한 5차 학급회의에 참여하게 된 것을 무한한 영광으로 생각합니다. 하지만 저는 5차 학급회의를 본격적으로 진행하기에 앞서 무척 조심스럽게 문제를 하나 제기하고자 합니다. 제19-2724차······ 이하 4차라고 해도 되겠습니까?

좋습니다.

바로 4차 학급회의에서 통과된 안건들의 처리 결과에 대한 것입니다. 4차 학급회의가 끝난 지 벌써 44일이 지났지만 학교 측에서는 그 안건들에 대한 어떠한 종류의 답변도 내놓지 않았습니다.

그렇지 않습니다. 어제 오후 4시 31분, 학교 측에서는 4차 학급회의를 통과한 안건에 대한 답변을 미종로(미친 종려나무 로드) 네 번째 나무 앞에 아크릴로 된 임시 게시판을 세운 후 모두가 볼 수 있도록 값비싼 최고급 A3 사이즈 종이로 출력해 붙여 놓았습니다.

네 번째 나무라면 신관과 구관 중 어느 쪽 방향에서의 네 번째 나무입니까?

미래 지향적 인간인 저는 당연히 신관 쪽 방향이라고 생각했지만 그렇지 않을 수도 있겠군요. 정확한 방향에 대해서는 제19-27…… 5차 회의가 끝난 후 확인해서 알려 드리겠습니다.

성훈이 손을 들어 발언권을 얻었다. 어제 오후 4시 39분에 저는 이 나라의 미래와 이 학교의 앞날과 우리 가족의 꿈과 저의 진로에 대해 진지하게 고민하며 미종로를 걸었습니다. 어느 쪽 방향이든 간에 네 번째 나무를 분명히 지나쳤지만 아크릴은커녕 재활용 스티로폼으로 된 임시 게시판도 본 적이 없습니다.

발언의 요지가 무엇입니까? 학교 측에서 거짓말이라도 했다고 주장하는 겁니까?

그렇지 않습니다. 음해와 모략은 제 전공이 아닙니다. 어제 오후 4시 39분에는 미종로에 임시 게시판이 없었다는 사실을 말했을 뿐입니다.

석소가 손을 들어 발언권을 얻었다. 저 또한 어제 오후 4시 41분에 제 앞을 걸어가는 성훈의 넓은 등짝에 안드로메다 성운의 지도를 그리며 미종로를 우주 유영하듯 천천히, 꼼꼼하게 걸었습니다. 하지만 길 잃은 청설모 한 마리만 마주쳤을 뿐 그 어떤 종류의 임시 게시판도 본 적이 없습니다.

재서가 손을 들어 발언권을 얻었다. 저 또한 어제 오후 4시 42분에 미종로를 걸었습니다. 로댕처럼 깊은 생각에 잠긴 성훈을 보았고 검프처럼 멍한 표정의 석소를 보았고 석소가 보았다고 주장하는 청설모도 보았습니다. 청설모는 길을 잃은 게 아니라 나무에서 떨어진 상태였다는 것을 알려드립니다. 하지만 그 어떤 종류의 임시 게시판은 물론이고 값이 비싸거나 싼 종이 한 장 본 적이 없습니다.

발언의 요지가 무엇입니까? 학교 측에서 거짓말이라도 했다고 주장하는 겁니까?

확실치는 않습니다만 그럴 가능성도 염두에 두어야 한다고 봅니다.

경고합니다. 정당한 증거 없이 학교 측을 의심하는 건 학급회의 정신에 정면으로 위배됩니다.

재욱이 손을 들어 발언권을 얻었다. 제가 이순신 장군과 세종대왕과 프레디 머큐리 다음으로 존경하는 급우들인 성훈과 석소와 재서가 거짓말을 하는 게 아니라면 적어도 오후 4시 39분 이후에는 임시 게시판이 존재하지 않았다는, 임시 게시판이 설치되었더라도 8분 이상 설치되어 있지는 않았다는 논리적 결론을 내릴 수밖에 없습니다. 학교 측에서 오후 4시 31분에 세웠다고 주장하는 임시 게시판이 언제 철거되었는지에 대한 기록은 있습니까?

철거 시간에 대한 정보는 저에게 알려 주지 않았습니다.

재섭이 손을 들어 발언권을 얻었다. 어제 오후 4시 31분에는 담임이 종례를 하고 있었습니다. 상담을 받아야 할 급우들에 대한 호명이 4시 33분까지 이어졌으니 아무리 빨라도 4시 34분은 되어야 교실을 빠져나갈 수 있었습니다. 학교 측에서 10분만 늦게 움직였다면 적어도 우리 반 급우들 중 몇 명은 4차 학급회의를 통과한 안건에 대한 학교 측 답변이 붙은 임시 게시판을 볼 수 있었을 것입니다. 우리 반 학급회의에 대한 내용인데 왜 학교 측에서는 우리 반의 여건을 전혀 반영하지 않았을까요?

질문입니까? 의심입니까? 투정입니까?

그렇다면 질문의 형태로 바꾸겠습니다. 학교 측에서 오후 4시 31분이 아닌 4시 41분에 임시 게시판을 설치하지 않은 이유는 무엇입니까?

임시 게시판을 언제 설치하느냐 하는 문제는 전적으로 학교 측의 자유의지에 달려 있습니다.

부당하지 않습니까?

자유의지가요?

급우들이 전혀 볼 수 없는 시간에 임시 게시판을 설치했다가 급우들이 교실에서 나오기 전에 임시 게시판을 철거하는 행위 가요.

철거에 대한 증거가 있습니까?

없습니다.

그렇다면 학교 측을 모욕하는 발언은 삼가시기 바랍니다.

재욱이 손을 들어 발언권을 얻었다. 학교 측의 권위와 자유의 지를 존중하는 반장의 민주주의와 권력 지향성을 반반씩 섞은 돼지 같은 태도에는 심심한 경의를 표합니다. 타협점을…….

돼지 같다니요?

그 단어는 취소하겠습니다. 아무튼 타협점을 찾기가 쉽지 않아 보이니 질문의 방향을 조금 바꾸겠습니다. 학교 측에서 오후 4시 31분에 설치했다고 주장하는 임시 게시판에는 어떤 답변이 있었습니까?

학교 측 답변에 대한 정보는 저에게 없습니다.

그 정도는 확인하는 게 학급회의를 주재하는 반장의 의무가 아닐까요?

혹시나 해서 학교 측에 문의하기는 했습니다. 하지만 학교 측에서는 우리 반 급우들 모두가 볼 수 있는 임시 게시판에 이미 답변을 붙였는데 그 답변을 확인하지도 않고 질문부터 해 대는 것은 지극히 게으른 처사이며 절차적으로도 합당하지 않다고 오히려 저에게 역정을 냈습니다. 그리고 또 하나, 학교 측에서 임시 게시판에 붙인 답변을 반장이 미리 확인한 후 급우들에게 전달해야 한다는 의무 조항의 존재는 여태까지 들어 본 적이 없음을 알려 드립니다.

명철이 손을 들어 발언권을 얻었다. 학교 측에서는 도대체 왜 담임에게 답변을 전달하는 간편한 방법 대신 007 작전을 방불케 하는 어려운 수단을 동원해 우리들을 골탕 먹이는 겁니까?

간편한 방법을 택하든 복잡한 방법을 택하든 학교 측의 자유입니다. 자유의지를 발휘한 선택에 대해 골탕 먹일 의도였다고 악의적으로 짐작하는 것은 곤란합니다.

반장은 도대체 누구 편입니까? 생기부 때문입니까?

명철 급우의 발언권을 제한하겠습니다. 지나치게 감정적인 언사와 독단적인 추측으로 학급회의의 진지한 분위기를 망치고 있습니다. 질문 같지도 않은 개 같은, 죄송합니다, 잘못된 질문에 일

일이 답할 의무도 없지만 급우들에 대해 최선의 친절을 베풀어 답하자면 저는 중재자입니다. 학교와 우리 반의 안전과 안녕을 위해 최선을 다한다는 뜻입니다. 학교는 우리의 적이 아니고 우리는 학교의 적이 아닙니다. 공생관계란 말입니다.

중현이 손을 들어 발언권을 얻었다. 안전과 안녕은 같은 뜻 아닙니까?

그럼 안전은 제외하겠습니다. 날카로운 지적 감사합니다. 서기는 회의록에서 안녕…… 아니 안전을 지우기 바랍니다.

석소가 손을 들어 발언권을 얻었다. 이런 식의 학급회의가 도대체 무슨 의미가 있습니까?

이런 식이라는 게 무엇을 말하는지는 모르겠으나 학급회의를 하겠다고 한 건 우리입니다. 학기 초 학교 측에서는 학급회의를 해도 되고 하지 않아도 된다고 분명히 의견을 제시했습니다.

하지만 학교 측에서는 학급회의를 하지 않을 경우 여러 가지 불이익을 당할 우려가 있다고도 말했습니다. 이익을 얻어도 모자란 판에 불이익이라니, 더 내려갈 곳도 없는 우리에게는 선택권이 없는 것이나 마찬가지였지요. 만에 하나, 학교 측의 말대로 우리가 원해서 학급회의를 시작했다고 칩시다. 그럴 경우 학교 측에서는 물심양면으로 학급회의를 지원할 책임이 있다고 봅니다. 그런데 물질의 측면은 고사하고 마음의 측면에서 학교 측의 대응은 어떠합니까? 학급회의를 통과한 안건에 대한 답변조차도 교묘하게 차일피일 미루고만 있지 않습니까?

다시 말씀드리지만 차일피일 미뤘다는 증거는 전혀 없습니다. 학교 측에서는 교묘하기는커녕 매번 성실하게 답변을 내놓았습니다.

그걸 말이라고…… 학교 측에서 내놓았다고 주장하는 성실한 답변을 눈으로 본 급우는 아무도 없습니다. 제19-2721차…… 이하 1차라도 해도 되겠습니까?

좋습니다.

1차 회의를 통과한 안건, 즉 예비 회의를 통과한 안건에 대한 답변을 달라고 했던 그 안건에 대한 답변부터 살펴봅시다. 학교 측에서는 도서관 707번 서가에 17분 동안 답변을 붙였다고 했지만 아무도 못 보았습니다. 707번 서가는 학교 측에서 임시로 설치한 서가였으니까요. 2차 회의를 살펴봅시다. 도서관에 가는 급우는 거의 없으니, 게다가 707번 서가는 실질적으로는 존재하지 않는 서가이니 도서관 같은 곳에 답변을 붙이는 일은 자제해 달라는 안건을 통과시켰던 일은 반장도 기억할 겁니다. 그래서 어떻게 되었던가요? 2차 회의에 대한 답변은 도서관 같은 곳이 아닌 공적인 장소, 즉 교장실 책상 앞에 무려 41분이나 붙여 놓았다고 했지만 그것을 본 급우는 역시 아무도 없었습니다. 학생 신분에 교장실 문을 함부로 열고 들어가기도 어려웠고 답변이 붙었던 시간에는 마침 회의 중이었습니다. 3차 회의 때 학생들이 자주 가는 공간에 답변을 붙여 달라는 안건을 통과시켰던 일은 반장도 기억할 겁니다. 그래서 어떻게 되었던가요? 3차 회의에 대한 답변은 옥상에 7시간 42분 동안 붙어 있었습니다. 시간은 충분했으나 그 당시 옥상은 방수 공사 중이라 답변이 붙어 있는 동안엔 아무도 들어갈 수 없었습니다. 지난번 4차 회의 때 답변은 반드시 게시판에 붙여 달라는 안건을 통과시켰던 일은 반장도 기억할 겁니다. 우리는 당연히 신관 앞 게시판을 생각했지만 학교 측에서는 임시 게시판이라는 급우들 중 그 누구도 예상하지 못했던 수단을 동원했습니다. 이래도 학교 측에서 성실하게 답했다고 주장하겠습니까?

장황한 의견 개진 잘 들었습니다. 억울하다고 생각할 수도 있겠지만 그렇다고 해서 학교 측에서 성실하지 않았다고 판단할 근거는 없습니다. 매번 답변을 한 건 틀림없는 사실이니까요.

이게 무슨 개떡 같은…… 생기부는 너만 쓰냐?

개떡이라니…… 석소 급우의 발언권을 제한하겠습니다.

반장이면 다냐?

재섭 급우의 발언권을 제한하겠습니다. 반장에게도 일반 급우들은 모르는 애로 사항이 있다는 것을 알아주면 감사하겠습니다. 그나저나 회의 시간이 5분밖에 남지 않았습니다. 단 하나의 안건이라도 통과되지 않으면 회의를 한 번 더 개최해야 한다는 부가 조항을 상기시키고자 합니다. 자, 더 할 말 없습니까?

재욱이 손을 들어 발언권을 얻었다. 학교 측의 조처에 대해서는 할 말이 많지만 시간이 얼마 없고 또다시 학급회의를 하는 것은 치가 떨리는 일이므로 새로운 안건을 상정하겠습니다. 예비 회의를 통과한 안건에 대한 학교 측 답변을 신관 앞 게시판에 적어도 여덟 시간 이상 붙여 달라는 안건입니다.

재욱 급우가 낸 안건에 반대하는 급우 있습니까? 아홉 시간으로 고쳤으면 좋겠다고요? 어떻게 생각합니까? 다들 좋다고요? 알겠습니다. 그러면 5차 학급회의를 통과한 이 안건을 학교 측에 전달하고 신속하고 성실한 답변을 요구하겠습니다. 혹시 다른 안건

있습니까? 없군요. 그러면 제19-2725차 학급회의를 마침…… 마치기에 앞서 학교 측에서 교장 선생님의 명의로 보낸 격려사를 읽겠습니다. 학급회의를 시작하면서 읽어야 했는데 제가 깜빡했습니다. 이 부분은 전적으로 저의 실수임을 인정하며 이와 관련된 모든 비난을 달게 받겠습니다. 그러면 격려사를 읽겠습니다. 17세기 영국 신학자 토마스 아퀴나스는 우리가 찾는 것에 비해 찾을 수 있는 것은 적고, 설령 찾았다 하더라도 정확히 확인할 수 있는 것은 더더욱 적다, 라고 말했다, 입니다. 이 말의 뜻은…… 따로 설명은 없으니 좋은 머리로 각자 알아서 곰곰이 생각하시기 바랍니다.

시간 다 됐다!

네, 그러면 이것으로 제19-2725차 학급회의를 마치겠습니다. 55일 후에 열릴 제19-2726차 학급회의에서는 보다 알찬 안건들을 다수 상정해 주시면 감사하겠습니다.

14. 추억

학교를 다니면서도 학교라고는 다녀 본 일이 없는 것처럼 옳고 그름을 제대로 가리지 못하는 것은 마음이 청소한 지 73일 되는 뒷간처럼 더럽게 더럽기 때문이다.

청나라의 왕실 청부살인업자 덕수 장재, 17세기

—

종례를 위해 교실에 들어온 담임은 향후 2주간 청소를 담당할 급우들의 긴 명단을 발표했다. 자신이 입고 있는 푸른 폴로 티셔츠의 문양을 보며 썩 내키지 않는다는 표정을 잠깐 지었던 담임은 어제 명철이 죽었다고 말했다. 12초 동안 침묵을 지키고 나서 담임은 우리가 비록 명철에 대해 가족이나 친척처럼 잘 알지는 못하지만 일정 기간, 즉 한 학기하고도 절반의 명철, 일정 장소, 즉 학교에서의 명철에 대해 어느 정도 알고 있는 것은 틀림없는 사실이므로 시간이 허락하는 대로—물론 이후 일정이 있는 공사 다망한 학생들이 대부분일 테니 모두가 충분하다고 생각할 만큼 길게 주기는 어렵겠지만—명철에 대한 생각을 나누는 것도 한때 나마 우리와 시간과 장소를 공유한 명철을 추억하는 훌륭한 방법 이 될 거라고 끝이 두 갈래로 갈라진 목소리로 말했다.

반장이 손을 들었고 담임이 고개를 끄덕였다. 반장이 말했다. 명철은 표준국어대사전적인 의미에서 볼 때 결코 훌륭한 학생은 아니었습니다. 명철은 학년이 바뀌자마자 치러진 첫 번째 시험에 서 반에서 19등을 했습니다. 19등이라는 숫자가 명철에게 어떤 의미였는지는 제가 명철이 아니므로 잘 모르겠습니다. 두 번째 시험에서는 24등을 했습니다. 첫 번째 시험 결과에 상심해 공부 를 제대로 하지 않았겠지요. 세 번째 시험에서는 15등을 했습니 다. 두 번째 시험 결과에 충격을 받고 공부에 매진했겠지요. 네 번 째 시험에서는 20등을 했습니다. 세 번째 시험 결과에 만족한 나 머지 공부를 게을리했겠지요. 이제 명철은 죽었고 우리는 명철이 다섯 번째 시험에서는 어떤 결과를 거둘지 영원히 알 수 없게 되었습니다. 명철은 14등을 할 수도 있고, 25등을 할 수도 있습니다. 명철은 9등이라는 한 자리 단위의 깔끔한 등수에 환호성을 지를 수도 있고 28등이라는 엉망진창인 등수에 좌절해 엉엉 울 수도 있습니다. 이제 명철은 죽었고 명철의 가능성도 함께 묻혔습니다. 명철의 빈자리를 볼 때마다 저는 9 또는 28이라는, 충분히 가능했으나 현실에서는 결코 존재하지는 않았던 명철의 환호성과 좌절을 함께 떠올리며 그를 추억하겠습니다.

석소가 손을 들었고 담임이 고개를 끄덕였다. 석소가 말했다. 명철은 품행백과대사전적인 의미에서 볼 때 무척 훌륭한 학생이었습니다. 명철은 우리 반에서 가장 먼저 교실에 도착하는 급우였습니다. 일찌감치 등교해서 멍하니 자리에 앉아 있다가 다른 급우들이 문을 열고 들어서면 반색을 하며 손을 들고 먼저 인사를 건넸습니다. 급우들의 반응은 가지각색이었습니다. 함께 손을 들어 인사하는 다정한 급우도 있었고, 무시하는 차가운 급우도 있었고, 다가와 주먹으로 뒤통수를 가격하는 무서운 급우도 있었고, 네가 뭔데, 하고 눈을 부라리는 이상한 급우도 있었고, 쭉쭉 빨던 사탕을 건네던 달콤한 급우도 있었습니다. 명철은 우리 반에서 가장 늦게 교실을 나가는 급우였습니다. 다른 급우들이 먼저 나가도록 자리를 지키고 앉았다가 마지막으로 교실을 빠져나가곤 했습니다. 급우들은 각자의 방식으로 작별인사를 했습니다. 씹던 껌을 목덜미에 붙이던 정겨운 급우도 있었고, 돈 만 원을 선물 받고 웃으며 나가던 명랑한 급우도 있었고, 어머니와 여동생의 안부를 정겨운 욕설로 묻던 가족적인 급우도 있었고, 쓰레기를 대신 버려 달라며 간곡하게 부탁하던 친환경적인 급우도 있었습니다. 이제 명철은 죽었고 명철의 인사와 인내도 함께 묻혔습니다. 명철의 빈자리를 볼 때마다 저는 명철의 반듯했던 인사, 온갖 잡스러운 모욕에도 소리 없는 웃음으로 견디었던 무지개보다 강한 내면을 떠올리며 그를 추억하겠습니다.

재섭이 손을 들었고 담임이 고개를 끄덕였다. 재섭이 말했다. 명철은 도서분류대사전적인 의미에서 볼 때 매우 훌륭한 학생이었습니다. 명철과 저는 도서부원이었습니다. 우리는 매주 금요일 오후 다섯 시부터 아홉 시까지 신관 지하 7층 도서관에서 함께 도서를 정리하며 시간을 보냈습니다. 워낙 특수 분야라 아는 급우가 거의 없겠지만 도서관에는 매주 열일곱 권의 책이 새로 들어오고 아홉 권이 폐기됩니다. 그러니까 명철과 저는 매주 스물여섯 권의 책의 위치와 운명을 결정하는, 스타워즈로 치면 제다이 급의 중대한 임무를 수행하고 있었던 것입니다. 명철의 분류 방법은 포도주에 취한 중세 필경사보다 더 독특했습니다. 예를 들어 교장 선생님께서 쓰신, 금오신화 창작에 추사체와 앤디 워홀이 심오하게 영향을 미쳤다고 주장하는 민간 논문 설화 모음집이라는 제목의 책이 있다고 칩시다. 워낙 고난이도의 제목이라 저 같으면 2박 3일 동안 고민했겠지요. 존경하는 교장 선생님께서 직접 쓰신 책이니 명사 에세이로 분류해야 할까, 금오신화니 추사체니 하는 단어들이 있으니 역사서로 분류해야 할까, 앤디 워홀의 이름이 있으니 예술서로 분류해야 할까, 민간 논문 설화 모음집으로 제목이 끝났으니 전설, 혹은 논문으로 분류해야 할까, 교육에 지대한 관심을 갖고 계신 교장 선생님의 내면을 반영해 교육서로 분류해야 할까, 고민, 또 고민을 하느라 시간을 다 보냈겠지요. 명철은 책을 살펴본 지 5분 만에 정기간행물로 분류했습니다. 교장 선생님의 허랑방탕한 성향으로 볼 때─교장 선생님을 비난하는 게 아니라 명철의 말을 그대로 옮긴 것입니다─조만간 2권, 3권을 쓸 테니 정기간행물로 분류해 두는 것이 이후의 여러 귀찮은 절차들을 미연에 방지하는 최선의 방법이라는 견해였지요. 과연 명철의 선견지명은 적중했고 도서관을 방문하는 급우들은 도서관 입구에 전시된 교장 선생님 정기간행물 서가에서 방금 제가 가상의 예처럼 이야기한 제목에서 단어 한두 개가 바뀐 제목에 1, 2, 3이 더해진 책들을 쉽게 찾아볼 수 있을 것입니다. 버리는 책을 고르는 명철의 선택 또한 탁월했습니다. 지난주에 우리는 평소처럼 아홉 권의 책을 폐기했는데 그중에는 퇴계집과 에라스무스 서간집도 있었습니다. 무식하기는 해도 퇴계와 에라스무스의 이름은 들어 본 적이 있었기에 인류의 문화적 유산이라 할 이 훌륭한 책들을 왜 폐기하느냐고 물었더니 명철은 지난 150년 동안 침을 퉤퉤 뱉거나 에라 이 망할, 하고 욕을 한 학생은 인도네시아 밤하늘의 별처럼 많아도 이 두 권의 책을 대출한 학생은 단 한 명도 없었다는 슬프도록 합리적인 견해를 제시하더군요. 저는 두말없이 고개를 끄덕였고 명철은 아예 표지를 뜯고 본문을 박박 찢어 완벽한 폐기를 완성했습니다. 이제 명철은 죽었고 명철의 독창적으로 아름다웠던 도서 분류 및 폐기법도 함께 묻혔습니다. 명철의 빈자리를 볼 때마다 저는 분류와 폐기를 기다리는 책들의 안타까운 울음을 떠올리며 그를 추억하겠습니다.

중현이 손을 들었고 담임이 고개를 끄덕였다. 중현이 말했다.

명철은 효도촉진대사전적인 의미에서 볼 때 훌륭한 학생과는 거리가 멀었습니다. 저는 명철이 살았던 아파트 바로 옆집에 살고 있기에 의도치 않게 명철의 사생활 일부를 알게 되었습니다. 명철은 공부도 못하는 주제에 무슨 까닭인지 성적이 좋은 저보다 항상 더 늦게 집으로 돌아왔습니다. 이삼십 분 늦는 것도 아니고 보통은 한두 시간, 심하면 열두 시가 다 되어, 더 심하면 열두 시를 넘겨 집으로 돌아왔습니다. 제가 집에 돌아온 순간부터 명철의 어머니는 문을 활짝 열어 놓고 명철을 기다렸습니다. 5분 간격, 7분 간격, 10분 간격으로 밖으로 나와서 때로는 우리 명철이 왜 이렇게 늦게 오나, 하고 혼잣말을 하면서, 때로는 엄마가 섬 그늘에 굴 따러 가면으로 시작하는 청승맞은 노래를 부르면서 명철을 기다렸습니다. 그러다가 명철이 오면 명철의 어머니는 반가운 목소리로 우리 아들 수고했다, 하고 말하며 명철을 반겼지요. 명철의 태도는 어떠했을까요? 알기 쉽게 통계를 인용해 말하겠습니다. 열 번에 다섯 번은 아무런 대꾸도 하지 않았고, 세 번은 배고파, 밥이나 줘, 였고, 한 번은 수고는 개뿔, 이었고, 한 번은 정말 더러워서 못 살겠네, 였습니다. 명철의 어머니는 깨끗한 분이었기에 무엇이 더럽다는 것인지 저로서는 도무지 알 수 없었다는 점을 짚고 넘어가겠습니다. 집 안으로 들어간 후에도 명철의 말과 행동은 결코 효도 지향적이지는 않았습니다. 이번에도 통계를 동원해서 말하면 열 번에 여섯 번은 아버지와 다투었고, 두 번은 접시를 던져서 깨뜨렸고, 한 번은 어머니를 울렸고, 한 번은 현란한 욕설 잔치를 벌였습니다. 아주 가끔은 명철이 저를 밖으로 불러내기도 했습니다. 우정을 소중하게 생각했던 명철은 저에게 럭키스트라이크 담배를 권했고 제가 아파트 복도에서는 금연이라고 말하면 씩 웃고는 자기 담배에 불을 붙였지요. 이제 명철은 죽었고 명철의 열정적인 빨간 담뱃불도 찰진 욕설도 함께 묻혔습니다. 명철의 빈자리를 볼 때마다 저는 자신을 반기는 어머니에게 열 번에 다섯 번은 아무 말도 하지 않음으로써 과묵한 미덕을 선보이고 부모에게 손을 대는 대신 접시에 화풀이를 함으로써 보여 주었던 명철의 지극한 배려를 떠올리며 그를 추억하겠습니다.

성훈이 손을 들었고 담임이 고개를 끄덕였다. 성훈이 말했다. 지금까지 네 명의 급우가 명철에 대한 자신의 생각을 들려주었습니다. 반장은 표준국어대사전적인 의미에서, 석소는 품행백과대사전적인 의미에서, 재섭은 도서분류대사전적인 의미에서, 중현은 효도촉진대사전적인 의미에서 명철을 추억했습니다. 인류 문화유산과는 무관한, 하지만 개인적으로는 소중한 추억이라는 유산이 다량 생산되었던 유치원 시절부터 명철과 함께했던 저는 네 명 중 그 누구도 명철의 진면목을 제대로 알지는 못했다고 말하고 싶습니다. 반장의 추억부터 살펴봅시다. 반장은 명철이 네 번의 시험에서 19등, 24등, 15등, 20등을 했다고 말했지만 그것은 사실과 다릅니다. 학교에서의 일을 적는 회색 일기장에 제가 기록한 바에 따르면 명철은 11등, 13등, 8등, 17등을 했습니다. 이미 8등을 했으니 9등이라는 똑같은 한 자리 등수에 환호성을 지를 이유도 없었고 17등이 최악의 등수이니 28등이라는 등수가 가져올 실망과 좌절에 대해서는 생각조차 해 본 적이 없을 것입니다. 반장이 말한 등수는 실은 석소의 것입니다. 석소가 다 듣고도 아무런 반론을 제기하지 않은 이유를 도무지 모르겠습니다. 이어서 석소의 추억을 살펴봅시다. 석소는 명철이 우리 반에서 가장 먼저 교실에 도착했으며 가장 늦게 교실을 빠져나갔다고 말했지만 그것은 사실과 다릅니다. 튀는 것을 무척 싫어했던 명철은, 그래서 튀김조차 먹지 않고 무난을 신조로 삼았던 명철은 단 한 번도 교실에 가장 먼저 도착한 적이 없으며 역시 단 한 번도 교실을 가장 늦게 빠져나간 적이 없습니다. 석소가 말한 추억의 주인공은 실은 재섭입니다. 재섭이 다 듣고도 아무런 반론을 제기하지 않은 이유를 도무지 모르겠습니다. 이어서 재섭의 추억을 살펴봅시다. 재섭은 명철이 도서부원으로서 탁월한 도서 분류 및 폐기 능력을 보여 주었다고 말했지만 그것은 사실과 다릅니다. 무엇보다도 명철은 지하 4층의 방송부원이었지 지하 7층의 도서부원이 아니었습니다. 재섭이 말한 도서부원은 실은 중현입니다. 중현이 다 듣고도 아무런 반론을 제기하지 않은 이유를 도무지 모르겠습니다. 마지막으로 중현의 추억을 살펴봅시다. 중현은 명철이 어머니와 아버지에게 욕설을 퍼부어 대고 접시를 즐겨 던졌으며 아파트 복도에서 럭키스트라이크 담배를 피우는 막된 학생이었다고 추억했지만 그것은 사실과 다릅니다. 명철은 어머니에게 극진하게 대했지요. 명철의 아버지는 명철이 어렸을 때 세상을 떠났기 때문입니다. 결정적으로 명철은 카멜 담배 애호가였습니다. 재섭이 말한 후레자식은 실은…… 사생활을 침해할 우려가 있으니 이름은 밝히지 않는 것이 좋겠습니다. 아무튼 제가 하고 싶은 말은 명철은 급우들이 기억하는 것과는 전혀 다른 사람이었다는 겁니다. 어떻게 이런 일이 생겼을까요? 우리는 도대체 그동안 뭘 보고 뭘 들은 걸까요? 우리가 명철과 같은 반 급우였다는 게 과연 사실일까요? 이제 선생님에게 묻고 싶습니다. 현명하신 선생님은 제 질문에 완벽한 대답을 주시리라 믿습니다. 선생님에게 명철은 어떤 학생이었습니까?

담임은 14초 동안 침묵을 지켰다가 마치 기억상실증에라도 걸린 것처럼 푸른 폴로 티셔츠를 손으로 쓰다듬으며 어제 명철이 죽었다고 다시 말했다. 다음 주에, 절차상의 문제로 아직 이름이 정확히 알려지지 않은 전학생이 오면 명철의 빈자리에 앉게 될 것이라고 말했다. 담임은 손바닥으로 교탁을 탁탁탁 세 번 두드렸고 반장은 자리에서 일어나 선생님께 경례를 외쳤다.

15. 악몽

학교는 현실성 없는 상상과 실용성 없는 고찰을 무허가 목장에서 불법으로 치즈 제조하듯 제약 없이 마음껏 할 수 있는 공간이어야 마땅하다.

덴마크 브리치즈 제조업자 한스 크리스찬 루소, 15세기

—

중현이 말했다. 어제는 이상한 꿈을 꾸었어. 과학실이 신관 5층에 자리 잡고 있다는 건 이 학교에 하루, 혹은 반나절이라도 다녔던 학생이면 누구나 아는 사실이지. 과학실에 가기 위해서는 구관 3층에 있는 우리 반 교실 문을 열고—앞문보다는 뒷문이지— 계단을 설렁설렁 내려와 구관을 빠져나와 미사로(미친 사이프러스

나무 로드)를 지나 신관에 진입해 아무 생각 없이 5층까지 쭉쭉 올라가면 된다는 건 우리 반 급우라면 누구나 아는 사실이지. 하지만 나는 그 간단하고 명백한, 눈을 감고 설렁설렁해도 실패할 가능성이 거의 없는 그 단순명료한 일 하나를 제대로 해내지 못했어. 카페인 분리 실험에 쓰일 비커 777개를 닦기 위해 수업 시작 14분 전에 뒷문을 열고 게슴츠레 눈을 뜬 채 계단을 설렁설렁 내려간 나는 구관 정문이 고릴라 손가락처럼 굵은 쇠사슬, 녹슨 쇠사슬로 잠겨 있는 광경을 목격했어. 건물 양쪽 끝에 있는 두 개의 측문도 꼭꼭 잠겨 있기는 마찬가지였어. 비록 쇠사슬의 굵기는 침팬지 손가락 급이라 조금은 덜 위협적이었고 녹이라고는 하나도 없어서 보기에는 제법 매끈하니 좋았지만. 만우절 농담이 제일 먼저 머리에 떠올랐어. 하지만 너도 알다시피 만우절은 학교 측에서 공식적으로 인정한 5대 명절이 아니었지. 핼러윈이 그 다음으로 머리에 떠올랐어. 핼러윈 행사가 5대 명절 중 하나인 건 분명했지만 운동장에서만 진행하기로 지난 세기의 끝자락인 1999년에 이미 협약을 맺었지. 부활절(그동안 받았던 모든 벌점을 면제받는 기쁨을 분필 던지기와 뒤통수 때리기로 표현하는 명절, 부활 주일 다음 월요일에 열린다), 추수감사절(세계 각국의 욕설이 적힌 A4

용지로 학교를 장식하는 명절, 2학기 중간고사 다음 날에 열린다), 빼빼로데이(설명할 게 없음), 박싱데이(박스를 던지고 주먹을 교환하며 1년 동안의 스트레스를 푸는 명절, 매년 수능 다음 날에 열린다) 등 할로윈을 제외한 4대 명절이 분필과 A4 용지와 빼빼로와 박스를 이마에 던지고 혀를 날름날름 내밀며 지나갔지만 그 어떤 명절도 구관의 문을 잠가 신관의 수업에 참석하지 못하게 함으로써 학생의 행복 수업 추구권을 제한하는 천인공노할 못된 짓거리와는 관계가 없었어. 나는 실용적인 인간답게 성경을 떠올렸어. 카이사르의 것들은 카이사르에게, 하나님의 것들은 하나님에게…… 뭔 개소리냐고? 문이 잠긴 문제, 즉 내가 아무리 노력해도 해결할 수 없는 고민거리는 제쳐 두고 과학실에 갈 수 있는 정확하고 빠른 방법 하나만을 찾는 일에만 온 신경을 집중하기로 했다는 뜻이야. 신경 및 사고의 집중은 언제나 문제 해결에 큰 도움을 주었고 이번에도 마찬가지였어. 난 머리를 굴린 끝에 1층을 제외한 또 다른 출구가 있는 곳, 즉 옥상으로 향했어. 과연 내 해결책은 정확해서 옥상 문은 환히 열려 있더군. 열린 문을 통해 빛이 들어오는 모습이 어느 여름 이탈리아의 피렌체 대성당에서 감격하며 보았던 광경과 판박이였지. 홀리듯 옥상에 올라간 나는 존경하고 사랑하

173

는—꿈이었다는 것을 감안하고 표현이 역겨워도 참도록 해—급우들이 신관과 가까운 쪽에 모여 있다는 사실을 발견했지. 아뿔싸, 인정하고 싶지는 않았지만 어처구니없게도 내가 꼴찌라는 건 분명했어. 항상 내 밑으로 여기고 제쳐 두었던 명철조차 이미 올라와 있었으니 뭐, 말 다 했지. 나는 땅딸기처럼 점점이 붉어진 얼굴을 두 손바닥으로 겨우 가리고 조심스럽게 급우들에게로 다가갔어. 구관과 신관 사이에 설치된 골동품에 가까운 전근대적 이동 장치가 제일 먼저 눈길을 끌더군. 무슨 말인가 하면 두 건물 사이에 새끼 반달곰 손가락 두 개 굵기의 동아줄이 매어져 있었고 출발 지점에는 전직 물리 교사 출신 교장이 뉴캐슬 유니폼과 엘지 트윈스 유니폼을 이종 교배해 만든 줄무늬 심판복을 입고 서 있었던 거야. 교장이 손을 번쩍 들고 녹두장군 행차를 외치자 재섭이 줄 위에 뛰어올랐어. 재섭은 녹두장군처럼 당당한 걸음으로 줄을 탔어. 신관 옥상에 도착한 재섭이 폴짝 뛰어내리는 모습이 어찌나 위풍당당하던지 귀주대첩 현장의 강감찬이 따로 없더군. 교장이 손을 번쩍 들고 앞으로 가기를 외치자 성훈이 줄 위에 뛰어올랐어. 성훈은 떨어질 듯 떨어질 듯 떨어지지 않고 아슬아슬하게 전진하며 줄을 타는 묘기를 부렸어. 신관 옥상에 도착한 성훈이 폴짝 뛰어내리는 모습이 어찌나 화사하던지 승무 춤을 추는 비구니의 얇은 사 하이얀 고깔을 내 혼탁하고 어벙한 눈으로 직접 보고 있는 기분이더군. 교장은 장단줄, 외호모거리, 거미줄 늘이기 등 줄타기의 고난이도 기술을 연이어 외쳤고 내 사랑하고 존경하는 급우들은 남사당 어름사니의 하수인들처럼 능숙하게 명령을 수행했어. 급우들이 연이어 폴짝 뛰어내리는 모습이 어찌나 귀엽던지 내가 최하로 치는 명철을 포함한 모든 급우들이 다 건너편으로 건너가고 드디어 내 차례가 되었어. 교장은 미심쩍은 눈으로 나를 위아래로 훑으며 손을 번쩍 들더니 허공잡이를 외쳤어. 너도 알다시피 허공잡이는 줄타기의 여러 기술 중에서도 최고 난이도를 자랑하지. 손바닥에서 땀이 줄줄 흘렀어. 성적으로 무척 민감한 가랑이 사이로 줄을 타야 하는 데다가 몇 초 간격으로 허공에 높이 뛰어오르는 동작도 잊지 말아야 했으니까. 나는 프로 줄타기 선수였던 워즈워스의 유명한 시구, 하늘의 줄을 볼 때마다 내 가슴 설레나니를 떠올리며 마음을 안정시켰어. 그런 뒤 손바닥의 땀을 바지에 문지르고 줄 위에 뛰어오른 뒤 곧바로 구름보다 더 높이 도약했지. 구름에게 인사하고 돌아온 후 다리를 양쪽으로 벌려 가랑이로 착지하려는데 이런, 수업 시간에 설사똥 마려운 것보다 더 난감한 상황이 벌어졌어. 내 곱고 민감한 가랑이를 받아 줄 줄이 사라진 거야. 심리적이 아니라 물리적으로. 교장이 씩 웃으며 말하더군. 힌트는 뉴턴과 아인슈타인과 프로이트지. 교장이 한 말의 의미를 생각할 시간은 코페르니쿠스적으로 충분했어. 나는 낙하산 탄 풍선처럼 느릿느릿 아래로 추락하기 시작했으니까…….

석소가 말했다. 어제는 이상한 꿈을 꾸었어. 점심시간에 루소의 고백록을 읽으며 운동장을 경건하게 한 바퀴 돈 뒤에 교실로 들어가려는데 누군가 잔뜩 쉰 목소리로 어이, 불만 좀 있소, 하고 말을 거는 거야. 성당에서 195미터도 떨어지지 않은 곳에 위치한 이 평화롭고 성스러운 학교에서 누가 감히 불도 아닌 불만을, 이단 심판관처럼 준엄한 문장이 혀끝에서 맴돌았지만 질문의 당사자를 본 나는 하마터면 혀를 세게 깨물 뻔했어. 등짝에 푸른빛이 도는 동고비 한 마리가 내 어깨에 앉아 나를 노려보고 있었거든. 왜, 떫은가? 하고 묻기에 나는 조심스레 고개를 저으며 떫긴요, 감도 아닌데, 하고 대답했지. 내 가을 낙엽처럼 썰렁한 대답을 들은 동고비는 낄낄낄 웃고는 눈을 지그시 감더니 1992년 5월 27일 12시

37분 05초에도 너처럼 얼빠지게 대답한 학생이 한 명 있었지, 하고 지난 일을 초 단위로 정확히도 회고하더군. 말하는 본새로 보아 학교 역사에 꽤나 정통한 것 같았기에 1990년대에는 이 학교에서 한 해에 이십 명 이상 신경성 스트레스로 휴학을 했다고 하던데 진짜인가요, 하고 물었지. 동고비는 다시 한번 낄낄낄 웃고는 뾰족한 부리로 내 귓불을 콱 깨물고 놓지 않은 채 복화술사처럼 말하더군. 고리타분한 옛날 옛적 일에 대한 질문은 느려 터진 걸음으로 두 시간 이십삼 분 오십이 초째 운동장 산보 중인 코끼리 영감에게 물어보도록 해. 풍선처럼 금세 부풀어 오른 귓불보다 더 신경 쓰였던 건 당연히 코끼리였지. 난 코끼리 마니아였으니까. 운동장엔 정말로 코끼리가 있었어. 채플린 모자를 멋대가리 없이 쓴 인도코끼리 한 마리가 공간 이동하듯 어느새 획 다가와 코를 내밀며 어이, 불만 좀 있소, 하고 말을 거는 모습을 보고는 난 치과 의자에 처음 앉은 치주염 환자처럼 입을 크게 벌리고 말았지. 비밀 하나 말해 줄까? 코끼리는 우리 생각만큼 느긋한 동물은 아니었어. 처음엔 제법 부드러웠던 문장이 곧바로 불만 있냐고, 이 새끼야, 로 바뀐 걸 두 귀로 똑똑히 들은 나는 불도 없고 불만도 없는데요, 죄송해요, 재빨리 대답을 하곤 제사 단에 놓인 이유를 전혀 알지 못하는 순진한 어린 양의 눈빛으로 코끼리를 보았지. 코끼리는 내 여린 얼굴에 대고 벚꽃처럼 고운 욕을 사쿠라처럼 연속적으로 후지고 과감하게 퍼붓더니 장재근 할아버지의 다리보다 길고 커다랗고 탄탄한 코로 어깨를 툭툭 치며 말했지. 학생이 불만도 없다니, 필수품은 좀 잊지 말고 갖고 다녀라, 응? 합리적, 비합리적인 여러 대답이 머릿속을 맴돌았지만 기분이 좋지 않아 보이는 근육질의 코끼리 옹을 굳이 자극할 필요는 없다고 판단했기에 난 1990년대에는 뒷돈을 받고 생기부를 조작해 주는 포스트원시적인 일도 비일비재했다고 하는데 정말인가요, 하고 물었지. 코끼리는 길고 커다랗고 탄탄하고 거친 코로 내 목을 조금씩 조르며 말하더군. 1972년 3월 6일 오전 9시 이후로 난 아무것도 기억하지 못해. 그날 남산에서 고문당하던 일만 생각하면…… 자기가 고문당하고 기억도 못 하는 게 마치 내 잘못이기라도 하듯 점점 더 세게 조르는 바람에 아흐 동동다리, 하마터면 정신을 잃을 뻔했지. 손오공처럼 천상계 어디선가 때맞춰 날아와 내 어깨에 성공적으로 착지한 보르네오 출신 안경원숭이가 손가락으로 코끼리의 길고 커다랗고 탄탄하고 거칠고 냄새 나는 코를 살살 간질였고 코끼리는 더러운 콧물이 섞인 재채기를 한 바가지 내뱉은 뒤 엉덩이를 흔들며 멀어져 갔지. 고개를 360도로 돌리며 무언가를 찾고 있는 안경원숭이에게 난 미리 사과부터 했어. 죄송해요, 불만은 전혀 없는데요. 저는 그냥 학생이에요. 안경원숭이가 씩 웃으며 대답하더군. 괜찮아, 때론 슬픔도 힘이 되거든. 이건 또 무슨 원숭이 뼈다귀 씹는 소리인가 싶어 안경원숭이의 용수철처럼 툭 튀어나온 눈을 한참 보았어. 초점이 없어서 도대체 어디를 보고 있는지 알 수가 없었지. 난 별 기대도 없이 1990년대에는 학생을 복날의 개처럼 마구 두들겨 팼다면서요, 하고 물었지. 안경원숭이는 손바닥으로 두 눈을 박박 문지르면서 심드렁하게 말하더군. 꽃 중의 꽃은 역시 바나나 꽃이야. 모든 것을 태울 기세로 덤비는 잔인한 태양 아래에서 붉다 못해 차라리 검게 보이는 그 날카롭고 우아한 꽃잎을 보면 마음속의 온갖 근심 걱정이 한순간에 다 말라비틀어지지. 안경원숭이가 검은 제비나비처럼 우아하게 하늘로 날아오른 순간 난 하늘을 찌를 듯 높이 자란, 바벨탑과 동기동창인 바나나 나무들이 신관과 구관 사이의 미바로(미친 바오밥나무 로드)를 오스트레일리아의 열대우림처럼 가득 채우고 있는 초현실적인 광경을 목격했지. 고질라의 혀처럼 검붉은 꽃잎과 아직 덜 익은 초록의 바나나 열매가 거의 하늘 꼭대기에 함께 매달려 있는 모습은 정말로 아름답더군. 학교에 대한 내 온갖 근심 걱정과 불만 불평이 단번에 사라질 정도로……

재섭이 말했다. 어제는 이상한 꿈을 꾸었어. 때는 영어 수업 시간이었고 모범적인 학생이 늘 그렇듯 눈을 크게 뜨고 수업에 열중하는 표정을 지으며 속으로는 멍을 때리고 있는데 앞자리에 앉은 성훈이 돌아보며 말했어. 난 2029년의 재섭이다. 날 보지 말고 앞을 봐, 영어 선생한테 들키면 어쩌려고, 하고 모범생답게 충고하려던 나는 손바닥으로 입을 막았어. 성훈은 사라지고 정말로 날 닮은 인간이 날 빤히 쳐다보고 있었던 거야. 날 무척 많이 닮기는 했지만 2029년의 재섭이라고 확신하기는 어려웠어. 사람이 뚫린 입으로 항상 올바른 말만 하는 것은 아니라는 게 평소의 내 굳은 신조였고 2029년에 내가 어떤 모습일지 본 적이 없는 것은 타임머신에 올라타 본 경험이 없는 이상 당연한 일이었고 게다가 난 애초부터 미래 따위에는 크게 관심이 없는 인간이라 십 년 뒤의 내 모습 같은 것은 상상조차 해 본 적이 없었으니까. 그래서 나는 모범생답게 일침을 날렸지. 2029년이건 뭐건 간에 앞이나 봐, 이 새끼야. 너 때문에 나까지 덤터기를 쓰고 싶지는 않으니까.

앞을 볼 필요는 없어.

왜?

네가 2029년의 너를 보고 있다는 건 네가 이미 2029년에 있다는 뜻이니까. 그러므로 앞을 보기를 강요하는 영어 수업 시간은 이미 십 년 전에 끝났고 지금은 앞을 보라고 강요하지 않는 영어 수업 시간이야.

2029년의 재섭이라고 주장하는 인간이 말한 것처럼 나는 어느새 2029년의 영어 수업 시간에 앉아 있었어. 언뜻 보기엔 별로 달라 보이지 않더군. 교실도 그대로였고 급우들도 그대로였고 선생도 그대로였어. 달라진 건 오직 하나, 사방에 +10이 크리스마스 장식처럼 주렁주렁 매달려 있더군. 미래 따위에 크게 관심이 없는 인간이기는 했지만 그렇다고 달라진 것은 하나도 없고 그저 +10 장식물만 더해진 싱거운 미래를 묵묵히 수용하고 싶은 생각도 없었기에 2029년의 재섭이라고 주장하는 인간의 멱살을 잡으며 위협했지. 뭔 개소리냐? 썩 꺼져, 이 새끼야.

나는 지금이나 미래나 역시 대단한 파워를 지닌 모범생이더군. 2029년의 재섭이라고 주장하던 인간은 내 말대로 썩 꺼졌고 꺼진 자리에는 정체불명의 푸른 먼지가 폴폴 날리는 검은 구덩이 하나가 새로 생겨났어. 말 한마디로 다시 현재로 돌아온 나는 모 범적인 학생이 늘 그렇듯 눈을 크게 뜨고 수업에 열중하는 표정 을 지으며 속으로는 멍을 때리고 있는데 뒷자리에 앉은 명철이 등을 톡톡 두드리며 말했어. 난 2039년의 재섭이다. 오늘 다들 왜 이러냐. 나는 깊은 한숨을 내쉬곤 등을 돌려 2039년의 나라고 주 장하는 명철을 보았어. 날 무척 많이 닮기는 했지만 2039년의 재 섭이라고 확신하기는 어려웠어. 내 이야기를 졸지 않고 제대로 들 었다면 이유는 설명하지 않아도 잘 알겠지. 그래서 나는 모범생답 게 정중하게 물었지.

난 이번에는 어딜 보고 있어야 되냐, 이 새끼야?

앞을 봐야지.

왜?

네가 2039년의 너를 보고 있다는 건 네가 이미 2039년에 있다 는 뜻이니까. 그러므로 앞을 보라고 강요하지 않는 영어 수업 시 간은 이미 십 년 전에 끝났고 지금은 앞을 보라고 강요하는 영어 수업 시간이야.

2039년의 재섭이라고 주장하는 인간이 말한 것처럼 나는 어느

새 2039년의 영어 수업 시간에 앉아 있었어. 이번에도 마찬가지 더군. 교실도 그대로였고 급우들도 그대로였고 선생도 그대로였고 달라진 건 오직 하나, 사방에 +20이 크리스마스 장식처럼 주렁주렁 매달려 있더군. 뭔 미래가 이따위람. 달라진 것은 하나도 없고 그저 +20 장식물만 더해진 비전이라고는 전혀 없는 미래를 묵묵히 수용하고 싶은 생각도 털끝만큼도 없었기에 2039년의 재섭이라고 주장하는 인간의 멱살을 잡으며 위협했지. 콧구멍에다 황소개구리를 떼로 집어넣어도 시원치 않을 놈 같으니. 썩 꺼져, 이 새끼야.

내가 꾸었던 꿈을 빠짐없이 설명하는 건 너와 나 모두에게 피곤한 일이 될 거야. 요약하자면 나는 2099년의 재섭이라고 주장하는 인간까지 만났어. 80년이 지났어도 달라진 건 하나도 없더군. 교실도 그대로였고 급우들도 그대로였고 선생도 그대로였고 사방에 +80이 크리스마스 장식처럼 주렁주렁 매달려 있더군. 가망 없는 미래를 투정하는 일에도 지쳐서 미래든 뭐든 간에 이 망할 꿈에서 어서 깼으면 좋겠다고 투덜거렸더니 앞에서 뒤에서 좌에서 우에서 나를 닮은 재섭들, 아니 재섭이라고 주장하는 인간들이 나를 보며 말하는 거야. 우리도 이 망할 꿈에서 어서 깨어나면 좋겠구나, 이따위가 네가 생각한 미래라니 아흐, 이 상상력이라고는 전혀 없는 한심하고 게으른 새끼야.

　재욱이 말했다. 어제는 이상한 꿈을 꾸었어. 치아 미백과 아이큐 순간 상승에 도움을 주는 카페인을 다량 함유한 고기능 자일리톨 껌을 질겅질겅 씹으며 운동장 한가운데에서 미학적으로 멍을 때리고 서 있는데 중현이 지나갔어. 중현아, 하고 부르며 어깨에 손을 댄 순간 난 중현의 꿈을 보았어. 과학실로 가고자 하는 열망을 보았고, 잠긴 문들을 보았고, 옥상 문을 보았고, 존경하고 사랑하는 급우들을 보았고, 그중에는 나도 있었고, 나를 포함한 급우들이 새끼 곰 손가락 두 개 굵기의 동아줄을 재주 부리며 건너가는 모습을 보았고, 중현이 화려한 허공잡이 기술을 시도하는 것을 보았고, 실패한 뒤에 낙하산 탄 풍선처럼 아래로 추락하는 것을 보았고, 추락하던 중현이 내 어깨 위로 떨어지는 장면을 보았어. 이게 다 뭐람, 하고 눈을 떴더니 어깨에서 내려와 이미 내 곁을 지나간 중현의 검은 그림자만이 보일 뿐. 하지만 꿈은 아직 끝나지 않았지. 중현의 검은 그림자 위로 석소가 지나갔어. 석소야, 하고 부르며 어깨에 손을 댄 순간 난 석소의 꿈을 보았어. 고백록을 읽는 경건한 내면을 보았고, 동고비를 보았고, 동고비에게 질문하는 석소를 보았고, 인도코끼리를 보았고, 인도코끼리에게 질문하는 석소를 보았고, 안경원숭이를 보았고, 안경원숭이에게 질문하는 석소를 보았고, 고질라의 혀처럼 검붉은 바나나 꽃의 꽃잎과 아직 덜 익은 초록의 바나나 열매를 보았고, 눈물을 터뜨리는 석소의 두 눈을 보았어. 괜찮은 거야, 하고 묻는 순간 석소는 내 어깨를 계단처럼 천천히 내려와서 사라지고 석소의 검은 그림자만이 보일 뿐. 하지만 꿈은 아직 끝나지 않았지. 석소의 검은 그림자 위로 재섭이 지나갔어. 재섭아, 하고 어깨에 손을 댄 순간 난 재섭의 꿈을 보았어. 2029년의 재섭을 보았고, 2039년의 재섭을 보았고, 2049년의 재섭을 보았고, 2059년, 2069년, 2079년, 2089년, 2099년의 재섭을 보았고, 모든 재섭들, 정확히 말하면 재섭이라고 주장하는 인간들이 무슨 미래가 이토록 막막하냐며, 뭔 상상력이 이렇게 맨유의 축구처럼 천박하냐며, 어서 이 망할 꿈에서 깨어나면 좋겠다고 울부짖는 모습을 보았어. 꼭 지옥 같아서 가슴이 먹먹해졌어. 2029년, 혹은 2039년의 재섭처럼 깊은 한숨을 내쉬고 눈을 떴더니 재섭은 이미 내 어깨에서 미끄러져 사라지고 모든 재섭들의 검은 그림자들만이 보일 뿐. 하지만 아직 꿈은 끝나지 않았지. 재섭들의 검은 그림자들 위로 명철이 지나갔고, 난 명철의 어깨에 손을 대고 명철의 꿈을 보았어. 명철의 검은 그림자 위로 재서가 지나갔고, 난 재서의 어깨에 손을 대고 재서의 꿈을 보았어……. 가장 놀라웠던 건 재서의 검은 그림자 위로 나 재욱이 지나갔을 때였지. 재욱아, 하고 부르며 어깨에 손을 댄 순간 난 재욱의 꿈을 보았어……. 재욱의 꿈을 낱낱이 보며 난 생각했지. 꿈속에서 난 더 이상 재욱이 아니로구나, 난 중현이며, 석소이며, 재섭이며, 명철이며, 재서이며, 재욱이며, 반장이며, 모든 급우로구나. 어쩌면 나는 운동장이며, 철근이며, 길이며, 건물이며, 온실이며, 선생이며, 나무이며, 옥상이로구나. 나는 1870년이며, 1899년이며, 2056년이며, 2222년이며, 어제이며, 내일이며, 오늘이로구나. 나는 점이며, 선이며, 면이로구나. 나는 물이며, 불이며, 꿈이며, 무이며, 혹은 나비이며 제비이며 표범이며 물개이며 개구리로구나. 그리하여 나는 영원히 살아 있고 무한히 반복되는 지루하고 괴롭고 더러운 학교에 다니는, 이름이 많아 이름이 없는, 존재가 많아 존재가 없는 완전무결하게 한심한 학생이로구나…….

16. 또 다른 학교

학교 건물 위에 무엇이 있는지, 아래에 무엇이 있는지, 수업 시작 전에는 무
엇이 있었는지, 수업이 끝난 후에는 무엇이 있게 되는지 궁금한 학생은 학
교에 오지 않는 편이 훨씬 더 낫다.

잉글랜드의 유대인 선불교주의자 피터 폴 유다, 12세기

—

　　재섭은 오전 5시 11분에 일어났다. 16분 뒤에 석소가 일어났고,
3분 뒤에 재서가 일어났고, 2분 뒤에 반장이 일어났고, 많은 시간
이 경과한 6시 12분에 성훈이 일어났고, 1분 뒤에 중현이 일어났
고, 6시 23분에 재욱이 마지막으로 일어났다. 명철은 원룸 소파

에서 책을 읽느라 잠자리에 들지 않았기에 계속 깨어 있었고, 계속 깨어 있었기에 일어나는 일이 불가능했다.

계속 깨어 스완네 집 쪽으로 1-28을 읽고 있던 명철은 인터넷 서점에 들어가 1-29를 구입했다. 석소는 휴대폰으로 오늘의 만화, 오늘의 유머, 오늘의 영상, 오늘의 날씨, 오늘의 코니를 섭렵했고, 재섭은 아버지가 아끼는 제이라는 이름의 혼혈 불도그 애완견을 데리고 동네를 한 바퀴 돌았고, 반장은 파고다 어학 학원에서 연결해 준 영어 및 일어 선생과 전화 통화를 했고, 재욱은 어머니의 성화에 굴복해 일어나자마자 곧바로 방을 나가 식탁으로 갔고, 성훈은 여동생이 부르러 오기 전에 자발적으로 방을 나가 식탁으로 갔고, 중현은 일어난 뒤에도 계속 침대에 누워 석소를 생각했고, 재서는 책상에 똑바로 앉아 일기를 썼다.

재섭은 5시 36분에 우리 제이는 산책을 잘 다녀왔느냐는 질문을 끝으로 입을 닫은 아버지와 성산의 해녀들이 잡아서 가공한 전복죽을 먹었다. 명철은 5시 42분에 혼자서 신라면에 계란과 치즈를 넣어 먹었고, 성훈은 6시 17분에 온 가족과 함께 식탁에 둘러앉아 기장 미역국과 안동 간고등어 구이를 먹었고, 재욱은 6시 27분에 베이컨 에그 샌드위치와 빙그레 바나나우유를 어머니와 함께 먹었고, 반장은 6시 28분에 홍옥 사과 네 조각과 풀무원 딸기 주스와 상표 없는 영국산 시리얼을 먹었고, 석소와 재서는 아무것도 먹지 않았고, 중현은 6시 29분부터 31분까지 2분간 냉장고를 뒤졌으나 먹을 것을 찾지 못했는데, 어차피 별로 먹고 싶지도 않았다고 시리(Siri)에게 제주도 억양이 섞인 한국어로 중얼거렸다.

명철은 TV로 엘에이 다저스와 시카고 컵스의 경기를 4회까지 본 뒤에 등교 준비를 했다. 재섭은 성훈에게 전화를 걸어 수학 선생과 혼혈 불도그 애완견 제이와 아버지를 싸잡아 욕한 뒤 등교 준비를 했고, 성훈은 재섭과 통화한 뒤 여동생의 엘리트 중학생다운 간결하고 재수 없는 수다를 들으며 등교 준비를 했고, 반장은 학급 단톡방에 학급회의에 상정할 안건을 잊지 말라는 지시사항을 남긴 뒤 등교 준비를 했고, 재욱은 내일 아침에는 파리바게트에서 파는 것과 똑같은 시저 샐러드를 먹고 싶다고 어머니에게 애교를 떤 뒤 등교 준비를 했고, 석소는 휴대폰을 만지작거리다가 아버지에게 그러고도 학생이냐는 존재론적 의문이 담긴 심오한 잔소리를 들은 뒤 등교 준비를 했고, 중현은 시리에게 한국어로 영어로 일어로 독일어로 이것저것 묻다가 곧바로 따분해져

서 배를 주무르며 소파에 멍하니 앉아 있다가 등교 준비를 했고, 재서는 아버지와 어머니가 올해 들어 2223번째 다투는 친근한 소리를 배경 음악으로 삼아 등교 준비를 했다.

　바뀌지 않는 배경 음악에 질린 재서는 다른 날보다 30분가량 이른 6시 32분에 무작정 집을 나왔다. 명철은 6시 43분에 둘러보려 해도 둘러볼 것이 없는 좁은 원룸 집을 나왔고, 중현은 6시 55분에 하남시청에서 건물 청소를 시작하는 홀어머니가 이미 한 시간 오십오 분 전에 출근하고 없는 집을 나왔고, 성훈은 7시 2분에 아버지, 여동생과 함께 다정함을 가장하며 집을 나왔고, 재섭은 애완견 제이의 산책에만 관심을 가진 아버지가 출근하기를 기다리느라 다른 날보다 5분 늦은 7시 4분에 집을 나왔고, 재욱은 7시 5분에 현관까지 따라 나온 어머니의 의학적으로 매끈하게 다듬어진 이마에 뽀뽀를 하곤 집을 나왔고, 석소는 7시 6분에 이어폰을 꽂은 채 집을 나왔고, 반장은 7시 10분에 아버지가 운전하는 렉서스 UX 250h를 타고 집을 나왔다.

　학교가 보이는 사거리에서 렉서스 UX 250h는 멈추었고 아버지에게 손을 흔들고 목례까지 하고 차에서 내린 반장은 7시 25분에 교문을 통과했다. 799-32번 버스를 타고 오다 동사무소 앞

정류장에서 내린 명철은 횡단보도를 건넌 후 7시 28분에 교문을 통과했고, 마을버스를 타고 오다 만복 마트 앞에서 내린 중현은 석소가 왔는지 확인하기 위해 두리번거리다가 7시 30분에 교문을 통과했고, 아버지와 헤어진 후 여동생 학교를 거쳐서 온 성훈은 7시 35분에 교문을 통과했고, 강변 산책로를 걷다가 뛰다가 온 재서는 7시 36분에 성훈의 등을 보며 교문을 통과했고, 재섭은 성훈에게 전화를 걸어 성훈이 이미 등교했다는 사실을 확인한 후 7시 40분에 교문을 통과했고, 재욱은 핸드폰으로 워킹 데드9 최종회를 보기 위해 근린공원에 들렀다 오느라 7시 49분에 교문을 통과했고, 등교할 생각이 없었던 석소는 운 나쁘게도 전철역에서 1년에 하루만 전철을 타고 오는 교장을 만나 교장과 함께 7시 51분에 교문을 통과한 후 따뜻한 벌점 1점을 선물받았다.

오전 8시 37분의 교실은 침묵뿐이었다. 단톡방에서 약속이라도 한 것처럼 고개를 푹 숙인 소년들은 저마다의 이유로 입을 열지 않았고 담임은 고개 숙인 채 입을 다문 소년들에게 달리 할 말도 없었기에 입을 열지 않았다. 그 시각 미나로(미친 나무 로드)

에는 지루함에 굴복한 봄의 전령들이 미쳐 날뛰는 중이었다. 리기다소나무에서는 흰 목련이 피었고, 은사시나무에서는 희고 붉은 매화가 피었고, 바오밥 나무에서는 노란 개나리가 피었고, 사이프러스에서는 분홍 진달래와 흰 철쭉이 함께 피었고, 전나무에서는 검붉은 장미가 피었고, 27미터 높이로 자란 메타세쾌이어에서는 고질라의 혀를 닮은 바나나 꽃이 피었다. 모시나비와 호랑나비와 범나비와 배추흰나비와 부전나비와 줄나비와 굴뚝나비가 나무와 꽃 사이를 날아다니며 벌에게서 배운 8자 춤을 추었고, 까치와 까마귀와 참새와 동박새와 동고비와 딱새와 왜가리와 휘파람새가 꽃으로 뒤덮인 가지에 앉아 벌에게 배운 8자 춤을 추는 나비 떼를 구경했고, 인도코끼리와 안경원숭이와 쌍봉낙타와 북극곰과 수달과 전복과 도둑고양이와 들개와 청설모가 새들을 향해 짖거나 구르거나 화를 내거나 웃거나 뛰어올랐고, 고래와 상어와 거북과 전갈과 민물장어가 이유도 없이 박수를 치거나 땅바닥에 대고 야유를 퍼부었으며, 전능하신 하나님과 부처님과 시바 신과 무함마드와 공자와 베드로가 어깨동무를 하고 동물들의 감정 섞인 재주 자랑 대회를 승부차기 보듯 진지하게 구경하고 있었다. 3분 33초 동안 이어진 이 놀라운 사건을 목격한 소년은 단 한 명도 없었다. 그들은 여전히 약속이라도 한 것처럼 입을 열지 않았고 고개를 들지 않았다.

　오전 8시 42분, 담임은 손바닥으로 교탁을 탁탁탁 쳤고 반장의 경례를 받은 후 페스탈로치처럼 교육적인 한숨을 쉬며 말했다. 그럼 이제 조례를 시작하겠다. 고개를 들고 등을 꼿꼿이 세워라. 내가 너희들에게 바벨탑을 세우라고 했느냐, 하늘을 날아오르라고 했느냐, 꿈을 가지라고 했느냐, 선생을 존경하라 했느냐, 공부를 잘하라고 했느냐. 그저 고개만 좀 더 들고 등만 좀 더 꼿꼿이 세우란 말이다. 알아들었냐? 하루, 또 하루가 어서 지나가기만 바라고 또 바랐으나 모든 허망한 꿈들이 그렇듯 결국은 학교에 영원히 머물고 떠나지도 못할, 그런 반복 속에서도 아무것도 배우지 못할, 그토록 원하던 구원을 얻지도 못한 채 썩은 당근이나 물고 죽은 토함산 꼭대기의 내세 신봉파 산토끼 귀신 같은 한심하고 불쌍한 새끼들아, 제발, 제발 그 잘난 등짝 좀 꼿꼿이 세우란 말이다.

17. 그리고

올가는 자신이 어렸을 때 다닌 학교에 한번 들어가 보고 싶은 충동을 이기지 못했습니다. 그런데 올가가 1950년대 초에 공부했던 바로 그 교실에서, 거의 삼십 년이나 지난 그때도 같은 담임선생이, 목소리조차 거의 변하지 않은 채로, 과거와 조금도 다름없는 말투로 아이들에게 떠들지 말고 집중하라고 주의를 주면서 수업을 하고 있었던 거지요. 올가는 홀로 널따란 현관 로비에 서서 옛날에는 자신에게 까마득히 높은 성문처럼 보였던 사방의 닫힌 문들을 바라보고 있노라니 갑자기 걷잡을 수 없는 울음이 터져 나왔다고, 나중에 말해 주었습니다.

- W. G. 제발트, 『현기증. 감정들』, 문학동네, 2014

학교라는 곳은 결국, 그러니까, 그러므로, 말하자면…….

작가의 말

생각해 보면 나는 학교를 좋아했던 청소년은 아니었다. 등교하자마자 하교를 꿈꾸었고, 하교 후에는 영원히 등교하지 않기를 열망했다. 단호함이나 결단과는 거리가 멀었던 나는 머릿속으로만 꿈꾸고 열망하며 학교를 마쳤다.

시간이 흐르고 흘러서 나는 작가라는 이름을 얻었고, 가끔 학교를 방문해 학생들을 만나게 되었다. 나이도 역할도 달라졌지만 변하지 않은 것이 하나 있다. 교문을 통과할 때마다 옛날로 돌아간 느낌을 받는 것이다. 바꿔 말하면 어서 학교를 빠져나가기를 바라고 다시는 학교에 들어서지 않기만을 바라는 것이다. 이제 난 학생도 아닌데 도대체 왜 그런 걸까?

나는 그 이유를 모른다. 그러므로 이렇게 말할 수도 있겠다. 그래서 이 소설을 쓴 것이라고. 바꿔 말하면 이 소설은 하나의 답이라고.

담이기는 하나 친절한 답은 아니다. 읽기에 따라서는 질문의 연속이라고, 아니 도리어 혼란만 더할 뿐이라고 여기는 이들도 있을 것이다. 내 대답은 이렇다. 고민, 또 고민한다고 반드시 답을 얻게 되는 건 아니라고, 정공법만이 공격의 전부는 아니라고, 대상이 학교라면 더더욱 그렇다고. 혹은 이 소설의 구절을 인용해 답하는 방법도 있겠다.

학교의 본질은 신축 건물과 인조 잔디와 우레탄 트랙이 닿지 않는 곳에 꼭꼭 숨겨져 있기 때문이다.

혹시라도 이 소설이 학교에 대한 비판으로만 읽히지는 않았으면 한다. 비록 나는 학교를 좋아하지 않았으나, 학교 없는 세상을 상상하지는 않는다. 지금은 아니어도 학생이라면 누구나 학교를 사랑하고 아끼는 때가 오리라는 것을 믿어 의심치 않는다. 문제는 그 시기를 특정하기 어렵다는 것뿐. 그렇다면 그날이 올 때까지 학생은 어떤 자세로 학교를 다녀야 할까? 이렇게 말하고 싶다. 학교라고는 다녀 본 일이 없는 것처럼 낯설게 학교를 다시 보라고. 말하자면, 시를 쓰듯이.

학교는 산문을 가르쳐도 학생은 시를 써야 하는 법이니까.

2021년 여름

설흔

낮은산 **22**
키큰나무

학교라고는 다녀 본 일이 없는 것처럼

2021년 6월 10일 처음 찍음

지은이 **설흔** | 펴낸곳 **도서출판 낮은산** | 펴낸이 **정광호** | 편집 **강설애** | 디자인 **소요 이경란** | 제작 **정호영**
출판 등록 2000년 7월 19일 제10-2015호 | 주소 04048 서울시 마포구 어울마당로5길 16 반석빌딩 3층
전화 02-335-7365(편집), 02-335-7362(영업) | 팩스 02-335-7380
홈페이지 www.littlemt.com | 이메일 littlemt2001ch@gmail.com | 트위터 @littlemt2001hr
제판·인쇄·제본 **상지사P&B**

ⓒ 설흔 2021

ISBN 979-11-5525-144-7 43810